北の邪宗門

北風侍　寒九郎

森　詠

時代小説

二見時代小説文庫

目次

北の邪宗門——北風侍寒九郎4

第一章　白神の隠し砦

一

「鳥越信之介、おぬしに密命を申し渡す。陸奥にいる北風寒九郎こと鹿取寒九郎を討ち果たし、首を持ち帰れ」

鳥越信之介は平伏したまま、しばらく顔を上げることが出来なかった。

謁見の間には、燭台に蠟燭が点され、掃き出し窓からそよぐ風に揺らめいていた。

「畏れながら、なぜゆえ、それがしに、そのような密命を下されるのか？」

「これは御上のご下命だ。おぬし、御上の命令がきけぬと申すのか？」

「たとえ、御上のご下命であれ、それがしが寒九郎殿を討たねばならぬわけを聞きとうございます」

「御上は、おぬしの奉納仕合いをご覧あそばされた。北辰一刀流（ほくしんいっとうりゅう）免許皆伝のおぬしが、寒九郎に不覚を取ったのは、足許（あしもと）の玉砂利のせい。もし、玉砂利でなかったら、おぬしは足を滑らせることなく、寒九郎を討ち果たしていただろう。御上は、そのことを存じておられる。それゆえ、おぬしに、その無念を晴らさせようとの温かきお心遣いだ」

「畏れながら、それがし、寒九郎に負けたこと、少しも悔しく思っておりませぬ。たとえ、玉砂利に足を滑べらせ、不覚を取ったとしても、それは剣術において、それがしがまだまだ修行が足りぬ未熟者であったことだけのことにございます」

「鳥越信之介、上様のご下命を受けぬと申すのか？」

「いえ、ご下命を受けぬとは申しませぬ。ただ、正当な奉納仕合いで、勝ち負け、いかなる結果になろうとも、互いに遺恨は残さずという約定（やくじょう）になっております。その約定を破り、遺恨を晴らせとは、とても御上のお言葉とは思えませぬ。本当に御上のご下命なのかと、それがし、お疑い申し上げます」

　鳥越信之介は平伏し、畳に顔を擦りつけながらいった。しばらく沈黙が流れた。

　蠟燭の炎がかすかに揺らめいていた。

　御簾（みす）の向こう側で、小声でこそこそと協議する気配があった。やがて、先刻までとは別の声が厳(おごそ)かにいった。

「鳥越信之介、よくぞ申した。それでこそ武士の鑑(かがみ)と申すべきもの。褒めてつかわす」

「ありがたき幸せにござる」

「鳥越信之介、面(おもて)を上げい」

「ははあ」

鳥越信之介は、平伏をやめ、ゆっくりと顔を上げた。

御簾の陰に二つの人影があった。暗い陰影なので、その相貌は見えなかった。一つは御上の影、もう一つは側用人(そばようにん)の影と思われる。

「うむ。いい面構(つらがま)えだ」

御上の影がいった。

「畏れ入ります」

「下がれ」

「はっ」

鳥越信之介は一礼し、中腰の姿勢のまま、謁見の間から退(さが)り、人気(ひとけ)のない大廊下に足を進めた。廊下には、仄(ほの)かな行灯(あんどん)の明かりが一定の間隔を空けて並んでいた。

鳥越信之介は、行灯の明かりの間をすり足で歩んだ。信之介はあたりに殺気が立ち籠めているのに気付き、背筋に鳥肌が立つのを覚えた。

信之介は無意識のうちに腰の帯に手をかけた。殿中に上がるには、大小の刀は召し上げられ、腰には何も差していない。

信之介は中腰に構えたまま、油断なく、なおも大廊下を進んだ。歩を進める度に、廊下の忍び返しの床がきゅるきゅると音を立てて鳴く。

進むにつれ、廊下の左右の襖がつぎつぎに音もなく開き、下緒で襷掛けをした侍たちが現われた。いつの間にか、後ろにも侍たちが現われ、静かに付いてくる。忍び返しの音は一層高くなった。

いずれの侍も刀の柄に手はかけていないものの、いつでも抜刀して斬りかかる構えだった。

これが刺客をお断わりしたことに対する、御上の御心か。

信之介は腹の底で笑い、覚悟を決めた。

逃げも隠れもしない。死ぬ時は死ぬ。

廊下の先に裃をつけた侍が待ち受けていた。

「鳥越信之介、御同行願いたい」

「分かりました。御同行いたします」

鳥越信之介は素直に相手に従った。

「うむ。では、ついて参れ」

侍は踵を返し、信之介に背を向けた。侍は無防備にも、背を向けたまま歩き出した。

信之介は中腰のまま、侍に従って進んだ。

二人の後から十数人の侍たちが黙々と従って歩く。

やがて、侍たちの姿は廊下の先の闇に飲み込まれて消えた。

二

半月が雲間から顔を出し、東の間、庭を照らした。掃き出し窓から、月明かりに照らされた庭や池が見えた。

すべての色が失われた枯れ山水画のようであった。鹿威しが甲高い音を立てて、静寂をさらに深めていた。

笠間次郎衛門は控えの間に正座し、主が現われるのを待っていた。

大きな行灯が部屋の隅に置かれている。

深夜、それも火急の呼び出しである。何事か、とは思ったが、大目付松平貞親様の御命令を拒むことは出来ない。

やがて廊下に何人かが歩く気配を感じた。笠間次郎衛門は平伏して待った。襖が左右に開かれ、白足袋が笠間次郎衛門の前に現われた。白足袋は笠間の顔の前を過り、部屋の奥へと歩んだ。それとともに、蠟燭の光が部屋の中を移動した。

主は床の間を背にして、どっかりと腰を下ろした。左右にお付きの侍たちが座った。

「おう、笠間次郎衛門。突然に呼び立てし、大儀であった」

「大儀などと申されては、それがしにとって、身に余るお言葉でござる」

「笠間、面を上げよ」

「ははっ」

笠間次郎衛門は恐る恐る顔を上げた。

大蠟燭を立てた燭台が目の前にあった。明かりが眩く笠間の目を射た。笠間は痘痕顔を羞じ、そっと顔を背けた。

「笠間次郎衛門、気にするな。男は顔ではないぞ。性根が人を決める」

「はい」笠間は顔を歪めた。

「奉納仕合いでのおぬしと寒九郎の立合い、見事であった。寒九郎がおぬしに押されて必死になり、寸止め出来ず、反則を犯した。それでおぬしは反則勝ちとなったが、わしの見立てでは、寒九郎の反則が無くても、おぬしの勝ちだったが」

松平貞親はにこやかな顔で笠間を見た。

笠間は顔を伏せていった。

「ありがたき幸せにございます。反則勝ちはお情けの勝ちで、それがしの望むところではありませなんだ。もし、あの仕合いが木刀ではなく真剣勝負だったら、それがしが勝ったと信じております」

「うむ。その言、わしも信じよう。して、人の噂に、おぬしが柳生新陰流の奥義を深めて会得した秘剣があると聞いたが、それは真か？」

笠間は松平貞親の顔を見つめ、きっぱりといった。

「真にござる」

「何と申す秘剣だ？」

「……まだ名付けておりませぬ」

「ほほう。では、どのような剣なのか？」

「申し訳ございませぬ。たとえ、大目付様のご命令であっても、披露することは出来ませぬ」

「ははは。さようか。笠間、本当は、まだ秘剣を身につけておらぬのではないか？　嘘はつかぬ方がよいぞ」

「………」

笠間は顔を伏せ、松平貞親の挑発に乗らぬように耐えた。

松平貞親の傍らに控えた警護の供侍が嘲笑らった。

「殿、こやつ、あの北風寒九郎に負けた男でござるぞ。悔しさのあまりに、寒九郎に勝てると大言壮語しおってのこと。信用なさってはいけませぬ」

「そうかのう。わしの見分が間違っておったかのう？」

「それがしの見分では、寒九郎の剣の捌きが上と見ました。木刀で負けた者が、よく真剣だったならと、負け惜しみをいう。あれでございますよ」

笠間は膝の袴を握り、ぶるぶると軀を震わせて侮辱に耐えた。

「笠間、さようであろう？」

「………」

笠間は顔を上げ、警護の供侍を睨んだ。供侍の顔が蠟燭の炎に照らされ、赤鬼のように揺らめいていた。己れの顔も、きっと悪鬼のようになっているのだろう、と笠間は思った。供侍はなおも挑発した。

「ははは。怒ったか。ガマガエルそっくりな醜い顔をして。それでは、いくら性根がよくても嫁の来手（きて）がなかろう」

「そのように、それがしを侮辱するのは、それがしを怒らせ、剣を抜かせて、秘剣を使わせようというのであろう？」

松平貞親は身動（じろ）ぎもせずに笠間を見ていた。供侍はなおも吠えた。

「殿に秘剣があるなどと大法螺（おおぼら）を吹いて、取り入ろうとする様（さま）が気に食わぬのだ」

「それがしと立合いたいのでござるか？」

「立合い？　おもしろい。それがしの剣を受けてみるか？」

供侍はすすっと膝行（しっこう）し、笠間に迫った。瞬間、目にも止まらぬ速さで居合い抜きし、笠間を斬り払った。

一瞬早く笠間の軀（からだ）が横に動いた。同時に笠間の刀が蠟燭の光を受けて一閃した。燭台の蠟燭が切られ、炎が揺らめきながら宙を移動した。炎は供侍の胸の前で急に停まった。供侍の刀は空を斬って流れた。供侍は慌てて体勢を整えようとしたが、目の前の蠟燭の炎にぎょっとして動きを止めた。

胸元ぎりぎりに笠間の刀の先が止まっていた。刃の上に切られた蠟燭が載せられ、炎が揺らめき、供侍の顔を明るく照らした。

供侍は金縛りに遭ったように動けなかった。動けば笠間の刀が突き入れられる。

突然拍手が起こった。松平貞親が笑いながら拍手をし、大声で笠間を讃えた。

「美事美事、さすが笠間次郎衛門。わしが見込んだだけのことはある」

「畏れ入ります」

笠間は供侍に突き付けていた刀を回し、刃の上に載せた蠟燭を元の燭台に戻した。切られた蠟燭は、元の蠟燭の上にきちんと載って収まっていた。炎は、その間、大きく揺らめいたが、消えることはなかった。

笠間は刀を鞘に静かに戻した。

供侍はほっと肩を落とした。供侍は刀を腰に戻しながら驚いた。小袖の胸元がすっぱりと切られ、胸の肌が顕わになっていた。

「笠間、いまの美技が名無しの秘剣か?」

「さようにございます」

「ううむ。差し詰め、マムシが一瞬にして、獲物のカエルを仕留めるに似た早業」

「さきほど、それがしはガマガエルといわれましたが、今度はマムシでございますか」

小袖の胸元を切られた供侍は恥入り、こそこそと部屋の外に退散して行った。

「どうだ、笠間、いまの秘剣、マムシと名付けてはいかがかのう」

「秘太刀マムシでございますか？」

「うむ。一撃必殺の突き、秘太刀マムシだ」

「ありがとうございます。大目付様の御命名となれば、是非もございませぬ。その名、ありがたく頂戴いたします」

笠間は座り直し、松平貞親に頭を下げた。

「ところで、笠間、今宵、わざわざここへ呼び出したのは、いまの秘太刀マムシを使ってやってもらいたいことがあるからだ」

「何事にございましょうか？」

松平貞親は部屋に残っていた侍たちに目配せした。侍たちはこぞって部屋を出て行った。

誰もいなくなった後、松平貞親は厳かにいった。

「密命だ。おぬしに陸奥の津軽（つがる）に行ってほしいのだ」

「津軽でございますか？」

「もそっと近こう寄れ」

松平貞親は笠間を傍らに寄せた。耳元に密命の内容を告げた。

笠間は驚いて松平貞親を見返した。

「寒九郎を、ですか？」

「声が大きい。壁に耳あり、障子に目ありだ」

笠間は声をひそめた。

「そのわけを聞きとうございますが」

「わけは聞くな。密命を引き受けるか、否かだ。どちらにいたす？」

「喜んでお引き受けいたします。是非もないことにございます」

笠間は松平貞親に頭を下げた。松平貞親は大きくうなずき、静かに命じた。

「では、明朝にも、出立いたせ。ことは急いでおるのだ」

庭の方で鹿威しが甲高い音を響かせた。夜はしんしんと更けていった。

三

田圃から蛙の声が沸き立っていた。

夜風が水を張った田圃を渡って吹き寄せる。草や葉の匂いをたっぷりと含んだ風だ。

半月の明かりが、庵の前に広がる田圃や周囲の森を青白く照らしている。

森の中にひっそりと建った庵は、御隠居様が終(つい)の住み家として選んだ庵だった。庵といっても隣接して広い屋敷があり、その離れとして建てられたもので、屋敷とは長い渡り廊下で繋がっている。

灘仁衛門(なだじんえもん)は腕組みし、掃き出し窓の濡れ縁に腰を下ろしていた。目を瞑(つむ)り、過ぎ去った時に思いを馳せていた。悔恨がちりちりと胸に疼(うず)く。

夜の空を渡る鵜(う)の鳴き声が聞こえ、灘仁衛門は組んでいた腕をそっと解いた。

次の間に人の気配があった。

「お待たせいたしました。御隠居様が参られます」

小姓の若侍が庵の戸口から声をかけた。

燭台の蠟燭の炎がゆらめき、若侍の影を壁に作った。

仁衛門は縁側から部屋に上がり、正座して迎えた。

御隠居は小姓の肩を借り、庵の中に上がった。足許(あしもと)が以前よりも覚束(おぼつか)ない。

仁衛門は頭を下げた。

「ご無沙汰いたしております。御隠居様」

「おう。仁衛門、久しぶりだのう。会いたかったぞ」

御隠居はよろめき、仁衛門に凭(もた)れかかった。慌てて小姓の若侍が駆け寄り、御隠居を支えようとした。だが、その前に仁衛門が太い腕を伸ばし、両手で御隠居の躯を優しく受け止めていた。

「御隠居様、ご無理をなさらぬよう」

御隠居はうなずき、立ち直った。急いで小姓が脇息と座布団を用意し、床の間の前に置いた。

仁衛門は御隠居の腕を取って、座布団の席に導いた。御隠居はゆっくりと座布団に胡坐をかいて座った。

仁衛門は御隠居と向き合うようにして正座した。

「仁衛門、最近は碁をやっておるか？」

「いえ。それがしのヘボ碁の相手をしてくれるような碁仲間がおりませんので」

「そうか。それは気の毒だな。わしが元気であったなら、いくらでもお相手いたすのだが」

「滅相もございません。御隠居様には、それがし、四目置かせていただいても勝てません。そんなヘボ碁の相手をされては……」

「ははは。だから、わしも碁を楽しめるのだ。上手い相手では気が休まらぬ。負ければ悔しいしのう」

御隠居は嬉しそうに笑った。

「お待たせいたしました」

御女中たちが二つの膳を運んで来た。膳には、徳利と盃、つまみの皿が載せてあった。

「久しぶりに、仁衛門と二人だけで酒を酌み交わしたくてな」

御女中たちは膳を御隠居と仁衛門の前に置き、また静々と渡り廊下に引き返した。

小姓の若侍もいつの間にか姿を消していた。

「それでは」

仁衛門は手を伸ばして、徳利を御隠居に差し出した。御隠居は盃を持ち上げ、徳利の酒を受けた。

「拙者は遠慮なく手酌でいただきます」

仁衛門は自分の盃に徳利の酒を注いだ。

盃を掲げていった。

「御隠居様の米寿をお祝いして」

「うむ。ありがとう」

御隠居は笑みを浮かべ、盃を掲げ、口に運んだ。旨そうに酒精を飲み干した。仁衛門も、その様子を見ながら、盃を空けた。

「仁衛門、おぬしには、盃よりも湯呑みがよかろう」

御隠居はにこやかに笑った。

「さようでございますな。では、遠慮なく」

仁衛門は先刻出された盆から湯呑み茶碗を取り、茶の残りを飲み干すと、徳利の酒を注いだ。

「うむ。仁衛門には、その方が似合う」

「はい。たしかに」

仁衛門は湯呑みの酒をぐいぐいと喉を鳴らして飲んだ。飲み終わり、手で口元の黒髭についた酒のしずくを拭った。

「仁衛門、おぬし、故郷を離れて、何年になるかのう」

「それがし、十二の時でしたから、十八年になります」

「そうか。そんなに時は経ったか。わしが年寄りになるはずだのう」

御隠居は盃を出した。仁衛門は徳利の酒を御隠居の盃に注いで満たした。御隠居は酒をちびりちびりと舐めるように飲みながらいった。

「おぬしの古里は、たしか陸奥のツガルだったな？」

「はい。ツガルにございます」

仁衛門のツガルは和語の「津軽」ではなく、蝦夷(えみし)の地である「東日流(ツガル)」だった。

「両親や兄弟姉妹は？」

「もはやいないか、と。それがしが古里を捨てたのも、両親が死に、家族も散り散りになって行方知れずになったためにございますので」

「ううむ。そうだったのう。気の毒に、仁衛門は天涯孤独だった」

「はい。そこを御隠居に救われて」

両親は死んだのではない。殺されたのだ。そして、兄弟姉妹たちも、彼らに追われて散り散りになり、生死不明になった。

仁衛門は手酌で注いだ湯呑みの苦(にが)い酒をまた喉の奥に流し込んだ。

「今夜、おぬしを呼んだ用事は、おぬしに古里に戻ってもらえないか、と思ってのことだ」

仁衛門は御隠居の言葉に、思わず酒を飲む手を止めた。

「御隠居様は、それがしにツガルへ戻れと申されるのか？」

「そうだ。そして、おぬしにやってもらいたいことがある」

「なんでございますか？」

「ある者を殺ってほしいのだ」

「誰をですか？」

「おぬしと奉納仕合いで戦った相手の鹿取寒九郎だ」

「な、なんと鹿取寒九郎を殺せとおっしゃるのですか？」

「そうだ」

「なぜに？」

「おぬしたち一族にも関係があることだ」

御隠居は諄々と諭すように話しはじめた。

また夜の空を渡る鵺たちの声が響いていた。

四

明徳道場では、今朝も早くから厳しい稽古が始まっていた。

武田由比進も菊地師範代を相手に打ち込み稽古で一汗掻いた。

「どうした？　由比進、心ここにあらずだぞ！」

菊地師範代から何度も叱咤され、由比進はその度に気を取り直し、稽古に没頭しようとした。

　稽古が終わっても、由比進は落ち着かなかった。

　東健次朗や矢野的之介から聞いた噂話が頭の隅にこびり付いていた。

「奉納仕合いに出場し、優れた技量を認められた剣士が何人か選ばれ、密かにどこかに派遣されているらしい」

「奉納仕合いで寒九郎に勝った笠間次郎衛門は柳生新陰流の道場に姿を見せなくなり、江戸市中からも消えたらしい」

「北辰一刀流の鳥越信之介、鹿島夢想流棒術の灘仁衛門も、ある日を境に道場から消えた。人の噂では、北の陸奥へ向かったそうだ」

「奉納仕合い優勝者である、本道場の江上剛介にも、当然のこと、御上から密かに呼び出しがかかったらしい。だが、指南役の橘左近様がそれを聞き付け、江上剛介はその任にあらずと、御上に上申し、頑として江上剛介の召集を拒んだそうだ」

「江上剛介に断られた以上、今度は準優勝者の由比進にも上から声がかかるはず」

　自分にも御上から呼び出しがかかる？

　そんな呼び出しは、どこからもかかって来ない。

　由比進は呼び出しがかかって来ない以上、悩む必要はないのだが、心穏やかではなかった。

健次朗や的之介が密かに聞き込んだ情報では、彼らは密命を帯び刺客として陸奥津軽に送り込まれた、というのだ。

いったい、誰を殺めるために？

由比進は、刺客になるつもりは毛頭ないものの、未知の陸奥津軽の国に憧れた。寒九郎から聞く話は、すべて物珍しく、由比進の好奇心をそそった。白神山地や岩木山の威容、大地を流れ下る岩木川、川面に跳ねる岩魚やシャケ、ブナの林に棲む熊や狼、猿、カモシカなど動物たち、そして、白神山地に潜む神々の物語。

ぜひ、一度は陸奥の津軽に行ってみたい。

寒九郎が北へ戻るといった時、なぜ、自分も寒九郎に同行したい、と強硬に父上にお願いしなかったのか、いまごろになって悔やんでいる。

危険な旅だから、だめ、と母上も許さなかった。ならば、なぜ、母上は息子のように思うといっていた寒九郎の旅立ちを許し、己れは許されなかったのか？　危険ならばなおのこと、寒九郎の一人旅ではなく、己れとの二人旅の方がよほど心強かったはずだ。

寒九郎とは、しばしば対立もし、意地悪もしたし、何度も喧嘩もしたが、決して仲が悪かったわけではない。むしろ、争い闘ううちに、お互いの立場が分かり、助け合うようにもなっていたはずだ。もし、寒九郎がそうは思わないとしても、自分は寒九郎に友だち以上の絆を感じていた。兄弟のような血の繋がりを覚えていた。

「由比進、何をぼんやり物思いに耽っておるのだ？　女子のことを思っておるのか」

背後から、大内真兵衛の声と一緒にどっと笑いが起こった。振り向くと、稽古を終えた大内や宮原上衛門、近藤康吉たちが立ち騒いでいた。

「………」

由比進は黙って大内たちのからかいを無視した。

廊下から急ぎ足で稽古着姿の荻生田一臣が現われた。

「由比進、指南役が御呼びだ」

「橘左近様が？」

「すぐに部屋に参れとのことだ」

「何だろう？」

「いつになく厳しいお顔をしておられた。何か叱られるようなことをしたか？」

「いや。そんな覚えはない」

宮原上衛門がいい、大内たちと顔を見合わせた。

「おい、由比進、先生にたっぷり絞られて来い。ほれほれ、あのことだ」

「あのこと？」

「おぬし、西辺(にしべ)家の綾(あや)殿と連れ立って、浅草(あさくさ)神社にお参りに行ったではないか」

「あれは母上の御供で参っただけのこと。その折、たまたま綾殿が一緒だった」

「やはり、綾と連れ立ってという話は、真(まこと)のことだったのか」

大内真兵衛が不機嫌な顔をした。

「ただ一緒に母上の御供をしたのが、なぜに悪いのだ？」

近藤康吉が大内を慰めた。

「ははは。大内さんには、それだけでも気に食わぬ話なんだよ」

「由比進、急いで橘左近様の部屋へ」

荻生田一臣が由比進を促した。由比進は大内に頭を下げた。

「御免。それがし、先生の許へ上がらねばならないので、失礼いたす」

由比進は稽古着姿のまま、小走りに廊下を急いだ。

廊下の奥に指南役の部屋はあった。由比進は部屋の前で足を止め、はだけた稽古着の前を合わせ、稽古袴の中に押し込んだ。

襖越しに人の話す声が聞こえた。由比進は襖の前の廊下に正座した。

「武田由比進、参りました」

「入りなさい」

橘左近の声が響いた。由比進は、しゃがんだまま襖を開け、部屋の中に身を入れ、襖を閉めた。

「御呼びにございますか？」

「うむ。近こうに参れ」

書院造りの部屋には、橘左近、筆頭師範の郷田宗之介、門弟の江上剛介、それから、起倒流大門道場の大門甚兵衛が顔を揃えていた。

大門老師は、寒九郎や吉住大吾郎に起倒流剣術棒術を教えている。橘左近とは、同門同期の仲であった。

橘左近は腕組みをし、苦悩の表情を顕わにしていた。郷田師範も橘老師の傍らで同様に腕を組み、宙を睨んでいた。二人の前に座った江上剛介は、じろりと由比進を見、目で隣に座れと指示した。

大門老師は、橘老師に対面する格好で、江上剛介の背後に胡坐をかいて座っていた。大門老師の顔もあまりすぐれたものではなかった。

由比進は怖ず怖ずと膝行し、江上剛介の隣に正座した。

橘老師はかっと眼を開いた。目は血走っていた。

「由比進、じつはな、江上剛介のみならず、おぬしにも御上から密かに呼び出しがかかったのだ」

「それがしにも、ですか」

いよいよ、来たかと由比進は思った。期待半分とともに、不安半分が由比進の胸に重くのしかかった。

「二人を預かる我々は、御上に申し上げた。我らは刺客を育てるために、明徳道場や起倒流大門道場で門弟を鍛えているわけではない、と。だから、江上剛介も、おぬしも、御上が召し上げて公儀隠密の刺客とすることに断固として反対し、お断わりしたい、と申し上げた」

「さようにございますか」

「だが、江上剛介は、己れのことは己れに決めさせてほしい、と申しておるのだ」

江上剛介は何もいわず、じっと黙っていた。

「わしも大門甚兵衛も、それから鹿取寒九郎の祖父谺仙之助(こだませんのすけ)も、おぬしたちと同じ年代のころ、別々にだったが、御上に呼び出され、ある人物を殺めるよう密命を出されたことがある。その密命は、墓場まで持って行けといわれ、いまも他言出来ないいままにいる」

「……………」

　由比進は黙って傾聴していた。

「三人とも、その密命のために、大勢の無辜の人々を不幸にし、他人にはいえぬ苦労と辛酸を舐めてきた。いまも思い出せば慚愧に堪えないのだ」

　由比進は江上剛介を見た。江上剛介は腕組みをし、目を閉じていた。

「御上に諫言した。天下の御政道に反し、民を不幸にするような政治をしてはならない。我らのような人間を二度と出してはいけない、と切に申し上げた。だが、御上は我らに耳を貸そうとはしなかった」

　橘老師は深いため息を洩らした。

「江上剛介は、どうしても、己れのことは己れが決めると申しておる。我らの忠告に耳を貸さない。由比進、おぬしはどうする？」

「先生、それがしも、己れのことは己れが決めとうございます。たとえ、どのような結果になろうとも、己れが選んだ道は己れが責任を取るしかない、と思います」

「うむ」

　江上剛介が目を開き、よくぞいったという顔で由比進を見た。

「ただし、それがしは、御上が我らに何をやらせようとしているのか、それを知りとうございます。それが分からないままでは、それがしは御上の命令に従うつもりはありません」

「由比進、おまえのいうことはもっともだ。わしらも、若いころ、同じ思いでいた。だが、御上の命令は絶対だ。一度密命を受けたならば、あとは否も応もなく、その命令に従い、実行せねばならぬ。御上は何の目的があって、ある人物を殺めるのか、など決して教えてはくれない。だから、はじめに、やらぬと断るしかない。たとえ訳を知ったとしても、それによって殺るかやらないかを決めることは出来ない。いったん訳を聞いたら、他言無用となり、万が一にも洩らせば、手討ちになる。逃げても終生公儀に追われ、いつか命を落とすことになる。さらに逃げようとすれば、家族や一族郎党が代わりに犠牲になる。己れが阿鼻地獄、無間地獄に身を落とすことを覚悟せねばならなくなる。それでもいいのか？」

由比進はうっと詰まった。己れのせいで、母上や父上、伯母上、弟元次郎、場合によっては、綾までも地獄に落とすことになるとは。それは絶対に避けねばならない。

では、どうしたらいいのか？

「二人ともいいか。御上はきっと甘い褒美も用意する。だが、それは毒饅頭だと思え。決して食してはならぬ」

江上剛介が背筋をすっくと伸ばした。

「先生、お話は十分に承りました。それがし、今後の身の振り方、じっくりと考えたい、と思います。どうぞ、ご安堵ください」

江上剛介は両手をつき、橘老師と郷田師範に深々と頭を下げた。

「由比進、おまえも、それがしと同じ思いだよな」

江上剛介は由比進に醒めた目を向けた。由比進は思わず首肯いた。

「では、先生、師範、それがしは、これにて退席させていただきます」

江上剛介はもう一度深々と頭を下げ、静々と退き、部屋から出て行った。

橘老師はため息をつき、由比進を眺めた。

「由比進、おまえもか？」

「それがしも、よく考えて、自分の道を選びます。ですが、そうする上で、お願いがあります」

「何かな？」

「先生や大門先生のいまに至った経緯を、いま少し、お教え願えませんでしょうか？」

橘老師は大門老師と顔を見合わせた。

「わしらが受けた密命を明かせと申すのか？」

「はい。谺仙之助殿と、なぜ、道を違えることになったのか、お話し出来る限りにおいてで結構です。それをお聞きしたいのです」

「ううむ」

橘老師は腕組みをし、考え込んだ。

「その秘密を少しでも明かしてもらわねば、それがしたちが教訓を受け継ぐことは出来ません」

由比進は大門老師にも目を向けた。大門老師は微笑み、大きくうなずいた。

「そうだのう。わしは大吾郎からも訊かれている。寒九郎がなぜ、命を狙われているのかを」

「寒九郎が津軽藩の刺客に命を狙われる理由も、先生方が受けた密命と繋がりがあるのでございますか？」

「うむ。繋がっておる。どうだろう、左近、そろそろ、わしらが口を開かねばならぬ時が来ておるのではないかのう」

「ううむ」

橘老師は腕組みをして唸った。

「そうだのう。わしらがそうしなければ、由比進や江上剛介たちに再びわれらが通った同じ道を歩ませることになるだろうな」

「左近、我らも、もうこの老齢だ。老い先も短い。一緒に無間地獄を旅するのも一興ではないか」

大門老師はにやりと笑った。

思わぬ展開に由比進は驚きの目を橘老師と大門老師に向けた。郷田師範も、どうなるのか、という面持ちで二人の老師を見つめていた。

五

ブナの原生林が白神山地の起伏を覆い、遠く地の果てまで緑の世界を織り成していた。ところどころ、白い雪が積もっているかのように見えるのは満開の山桜だった。

延々と続く緑の地平の彼方に富士山にも似た峻厳な山容の三嶺が遠望出来た。津軽富士ともいわれる岩木山だ。

故郷に還って来た。

鹿取寒九郎は愛馬楓の馬上で伸び上がり、深々と故郷の甘い空気を胸一杯に吸い込むのだった。懐かしさとともに哀しみも胸に込み上げて来る。

母上や父上が生きておられたら……。

爽やかな風がブナの葉を揺らして吹いて来る。風は優しく馬の楓の鬣を揺らし、馬上の鹿取寒九郎の頰を撫でる。

「寒九郎さまあ、行きますぞう」

草間大介の声が聞こえた。草間大介の馬は、すでに尾根を下りはじめ、行く手のブナ林の樹間に見え隠れしている。

「行こう、楓」

寒九郎は草を食んでいる楓の首筋を撫でた。楓はぴくりと顔を上げ、草間大介の馬が歩んだ跡を追って歩きはじめる。

山をいくつ越えたであろうか。一つ尾根を越えても、また次の尾根が目の前にある。道無き道を下り降り、人は馬を降り、険しい坂をよじ登る。また峠に至って尾根を越える。そのくり返しだ。

前を行く草間大介が馬を止め、馬上で振り向いた。大声でいった。

「寒九郎様、源太によると、この雁森岳の尾根を越えると、沢に出るそうです。あとは沢を下るだけ。川は暗門(あんもん)の滝に到るとのことです」

「草間、おぬしは暗門の滝に来たことがないのか？」

「あります。ただし、冬の真っ盛りで、白神山地は雪に覆われており、暗門の滝に辿り着くだけでも大変でした。しかも、このトッチャカ越えのマタギ道ではなく、川下から暗門の滝に至る遠回りの道でした」

「それは大変だったな。その時には、祖父上にお目にかかれなかったのか？」

「お目にかかれませんでした。あまりに雪が深いので、谺仙之助様が住むという隠し砦も、どこにあるのか分からず、結局探すのを断念して引き揚げました。今度は椎夫の源太が案内してくれるので、きっと隠し砦も見付けることが出来ることでしょう」

源太は白神山地のマタギである。

白神のマタギたちは雁森岳をトッチャカと呼ぶ。ツガルに住む蝦夷(エミシ)の言葉だ。ツガルも蝦夷が付けた地名で「津軽」は和人(わじん)が付けた漢字の当て字だった。土地の蝦夷は、ツガルの本当の意味を込めた漢字は「東日流」だという。

ツガルに生まれ育った寒九郎だったが、故郷に還って白神のマタギから聞く蝦夷の言葉にあらためて新鮮な驚きを感じるのだった。

源太の姿は寒九郎のところからは見えなかった。源太は草間大介よりも、さらに先に行っているらしい。

　マタギの源太は馬にも乗らず、カモシカや狼のように身軽にブナ林の山々を歩き回り駆け抜ける。道無き道は、カモシカや熊、狸、狐など山の動物たちの獣道である。源太は巧みに獣道を見付けては、人が通れそうにない険しい場所でも、獣同様に抜けて行く。

　谷川のせせらぎが聞こえてきた。

　急な斜面の林の中を下ると、谷川の畔（ほとり）の空き地に出た。馬を降りた草間大介が、マタギの源太と話をしていた。

　寒九郎は楓から降りた。楓はいななき、草間の愛馬ブチと鼻面を突き合わせたが、すぐに並んで川辺の草を食みはじめた。ブチは、その名の通り、芦毛の斑（ぶち）がある牡（おす）馬だった。ブチは十五歳の古馬だが、若駒の牝（めす）馬の楓とは会った当初から気が合ったらしく仲がよかった。

　渓流は轟々（ごうごう）と水音を立て、水しぶきを上げて流れ下っていた。雪解け水のため、川の水温は低く、凍るように冷たかった。

「この急流は暗門川と呼ばれ、ここから三里ほど下れば暗門の滝になります。源太によれば、その滝の上に丸太が組まれた隠し砦があるとのこと。どうやら、そこに谺仙之助様がお住まいのようです」

「暗門の隠し砦か」

寒九郎は胸が躍った。

暗門の滝へ行けば、死んだといわれていた祖父谺仙之助に会える。

源太は笑いながらいった。

「だけんど、わしが見たのは去年の秋だったべ。それから、また引っ越しているかも知れねえぞ」

「引っ越し？」

「うんだ。いつも暗門の滝付近にいるとは限らねえ。ある年はトッチャカ山中で見かけたことがあっぺし、別の年には西の十二湖の湖畔で見かけたこともあんだ。またある年には白神岳の山中で見かけたこともあんだから」

「毎年のように移動しているということか」

寒九郎は呟くようにいった。

「うんだ。隠し砦は、いろんなところにあるみてえだ」

草間が尋ねた。

「谺仙之助様には、二人の付き添いの侍がいたはすだが」

草間がいった。源太はうなずいた。

「うんだが、わしが見たのは、一人だったな。痩せた体付きのエカシ（長老）様に、まるでマタギのようにがっしりした体付きをした中年の男が付いていたべ」

寒九郎は身を乗り出した。

「そのエカシ様は、どんな風体をしておられた？」

「頭は真っ白な白髪で、長く髪を伸ばしており、後ろで紐で結んでいたな。顔の頬から顎にかけて長く白髯を垂らしており、まるで山羊のようだったべな」

源太は頭を振った。

「エカシ様は仙人じゃったな。目付きが異様に鋭くて鷲か鷹の目だったべ」

「仙人のようだった？」

「うんだ。痩せて細身だが、杖を使い、滝の周りの岩や斜面を、まるで雑作無く、平地のように跳んだり跳ねたりしていた」

「そんなに身軽だった？」

寒九郎は白髪の仙人のような姿の祖父を心の中で想像した。

「暗門の滝には、一の滝、二の滝、三の滝と三段あんだ。エカシ様は、それら三つの滝をいとも簡単に登り降りすんだ。岩と岩の間を跳び回るんだ。わしらマタギにも出来ねえ。まるでカモシカのようだんべな」

「さようか」

寒九郎は祖父谺仙之助に会うのが、ひどく楽しみになった。

「では、そろそろ、下りますか」

草間が立ち上がった。源太ものっそりと立った。

寒九郎は立って口笛で楓を呼んだ。

楓は首を上げ、寒九郎の傍にやって来た。

草間はブチの手綱を摑んだ。源太は身軽に河原を下りはじめた。

草間が寒九郎に声をかけた。

「しばらくは馬も歩くのがきつい沢の岩場が続くそうです。降りて歩きましょう」

「分かった」

寒九郎は楓の手綱を引き、草間とブチの後に続いた。

沢の急流は飛沫を上げ、岩と岩の間を流れて行く。少しばかりなだらかになっても、石だらけの河原が続き、楓もブチも時々足を岩に取られたり、滑らせていた。

途中から沢沿いのブナ林に入った。ブナ林の中は落葉が積もり、馬も人も歩きやすい。

ブナ林に混じって、山桜が満開の花を咲かせている場所がある。寒九郎も草間も山桜の木の下で、馬上の人となり、桜の下をゆっくりと馬を歩ませ、桜を堪能するのだった。

ブナ林が切れ、丈の低い雑木林になった。

さらに沢沿いに下っていくと、それまでの沢に、行く手からもう一つの沢が合流していた。水量はさらに多くなった。

川の流れが合流するのは山の上で、そこから山の傾斜がきつくなり、それにつれ、沢の流れも急になった。森が切れると断崖になっている。

先を行く草間が振り向いていった。

「ここから、いよいよ滝がある暗門沢でございます」

断崖の下から落水が立てる轟音が響いて来る。下を覗き込むと、滝壺のあたりから湯気のような飛沫が湧き上がっている。

「これが、暗門一の滝」

草間が沢を指していった。川が急に滝となって下り落ちていた。

「ここからは滝を迂回して降りねばなんねえ」

岩場で待っていた源太が滝から離れた山の斜面を指差した。そこに九十九折(つづらおり)になった山道があった。寒九郎も草間も馬に乗った。四足の馬の方が急な坂の山道を降りるのは上手である。

一の滝の滝壺付近まで降りると、いったん平坦な岩場になっている。そこから、すぐ崖下に向かって二の滝が流れ落ちている。

「こっちこっち」

源太は手招きし、また雑木林の山道に草間と寒九郎を導いた。

寒九郎の楓と草間のブチは灌木の間を縫うように下る九十九折の山道をゆっくりと降りて行った。

二の滝の滝壺のある平地まで降りて、寒九郎も草間もほっと一息をついた。

寒九郎は崖の上から三の滝を見下ろした。しかし、三の滝の滝壺の周囲に人影も人家も見当たらない。

草間が滝の音に負けない声で源太に訊いた。

「おい、源太、隠し砦は、どこにある?」

二の滝の滝壺の前に立った源太は、答えず、じっと二の滝を見上げていた。

寒九郎も手綱を引き、源太の近くに楓を寄せた。

「あのあたりにあっぺ」

源太が二の滝の中程を指差した。

急峻な岩場に丸太の足場が架かっていた。

丸太の足場は、緑の葉を密生させたブナの大木の葉陰に延びて隠れていた。

目を凝らすと、ブナの大木と大木の間に丸太が渡され、巧みに葉で覆い隠した木小屋らしいものが見えた。

一の滝からはもちろん、二の滝や三の滝から見上げても木小屋とは分からない隠し小屋だった。

「あれだべ」

源太は自慢げに鼻を擦（こす）った。

寒九郎は楓から飛び降りた。草間もブチから降りた。二人はあらためて二の滝の滝壺の平地から、崖の途中のブナの大木に造られた木小屋を見上げた。

「間違いない。隠し砦だ」

寒九郎は嬉しそうに草間にいった。

不意に楓がいないた。楓は上を見上げ、しきりに前足で足許を掻いている。ブチも一緒に騒いでいる。

寒九郎ははっとして一の滝の滝壺がある台地を見上げた。そこに、黒い髯面の大男たちが弓や斧、刀を手に手に、寒九郎と草間たちを見下ろしていた。

「いかん、下にもいる」

草間が三の滝の滝壺がある台地を指差した。そちらにも、黒々とした髯面の大男たちが手に得物を持って立っていた。

「いかん。白神エミシたちだ」

マタギの源太が恐怖に満ちた顔でいった。

「白神エミシだと？」

「ここは白神のカムイの聖地だべ。そこにわしらが無断で踏み込んだんで、白神エミシたちが怒っているんだ」

一の滝の髯面の男たちは、一斉に弓に矢を番えて、寒九郎たちに向けた。下を見ると、三の滝の男たちも弓矢を寒九郎たちに向けている。

楓が異様な男たちの気配を察し、首を激しく上下に大きく振った。

「どうどうどう」

寒九郎は手綱を引き、恐がる楓を宥めた。草間もブチの手綱を引いて、落ち着かせようとしていた。

源太は両手を広げて上げ、大声で叫んだ。

「白神のエミシよ！　……」

そこからはエミシの言葉だった。意味は分からない。

いきなり鋭い弓の弦の音が続け様に鳴った。何本もの赤い矢が飛翔し、空気を裂いて飛んだ。源太や寒九郎、草間大介の周りに毒々しい赤い尾羽の矢が突き刺さり、矢衾(やぶすま)を造った。

楓は驚いて後ろ肢立ちになって、前肢で宙を掻いた。寒九郎は鞍(くら)にしがみつき、落馬を避けた。草間のブチも矢衾に囲まれ、後ろ肢立ちになろうとしていた。

「どうどうどう。楓、大丈夫だ。落ち着け」

寒九郎はようやく楓を宥めて落ち着かせた。草間もブチを御(ぎょ)して前肢を下ろさせた。

源太は地べたに平伏し、抵抗しない姿勢を取っている。

「おぬしら、いったい、何しにここへ参った？　ここは、おぬしらが来る場所ではない」

一の滝から見下ろしている頭(かしら)らしい大男が大声で怒鳴った。エミシの言葉ではない。和語だった。また男たちは、新たに矢を弓に番えている。

寒九郎は思わず大声で応えた。

「お待ちくだされ。それがしは、鹿取寒九郎と申す。こちらには、それがしの祖父谺仙之助を訪ねるために参った。おぬしたちと闘うためにあらず」

大男たちに動揺が走った。大男たちは、寄り集まり何事かを話し合っている。

谺仙之助という名前に反応があったのだ。

寒九郎はもう一度大声で叫んだ。

「それがしは、谺仙之助の孫、鹿取寒九郎と申す者。もし、祖父の谺仙之助を存じておられたら、ぜひとも、ぜひとも、祖父谺仙之助にお取り次ぎ願いたい。孫の鹿取寒九郎、わざわざ江戸から訪ねて参ったと……」

エミシたちはどよめいた。頭の大男はほかの髯面の男たちと何事かを協議している。

突然、ブナの大木の上に造られた隠し小屋から人影が現われた。髯は生やしていない。作務衣(さむえ)を着た和人だった。頭は総髪、簡単に髪をまとめ、頭の上で結って髷(まげ)にしている。髪に白いものが混じっていた。端正な顔立ちの初老の男だった。

しかし、祖父とは違う。祖父ならば橘左近や大門老師とほぼ同じような年輩者のはずだ。

「…………」

初老の男は頭らしい大男にエミシの言葉で何事かをいった。ついで、葉陰から寒九郎たちを見下ろしていった。

「おぬしらは幕府のイヌか？　それとも、津軽藩の回し者か？」

寒九郎は大声で返した。

「どちらでもない。それがしは、谺仙之助の孫、鹿取寒九郎。祖父上谺仙之助を訪ねて参ったのみ。ほかに他意はない」

「おぬしら、直ちにこの場から立ち去れ。帰らねば命はないぞ。毒矢がおぬしたちを狙っている。悪いことはいわぬ、すぐに引き揚げろ」

「お尋ねいたす。おぬし、それがしの祖父上谺仙之助の居場所を御存じないか？」

「谺仙之助様はとうの昔に亡くなられた」

「亡くなった？　いつのことだ？」

初老の男は迷惑そうにいった。

「一昔前のことだ」

「昨年、谺仙之助は江戸にいたと聞いた」

「それはでたらめな噂だ」

「証人もいる」

「……証人？　誰だ？」

「幕府大目付松平貞親」

寒九郎は嘘を承知でいった。

初老の男は明らかに動揺した。

「ともかく、いまこちらにはいない」

寒九郎はしめた、と思った。初老の男は、谺仙之助が生きていることを認めたのだ。

寒九郎は楓の背から降り立った。草間もブチから飛び降りた。

「ぜひとも、祖父上にお会いしたい」

「前にも谺仙之助様の孫だという者が訪ねて参った」

「孫は、それがしと由比進兄弟しかいない」

「孫とは偽り、先生を殺しに来た刺客だった。それがしが偽者と見破り成敗した」

「それがしは、本当に谺仙之助の孫だ」

寒九郎は怒鳴った。

草間が堪らず、口を開いた。

「本当にござる。この方は谺仙之助様の娘菊恵(きくえ)様と鹿取真之助(しんのすけ)様の間に生まれた実子の寒九郎様にござる」

初老の男は怪訝な顔をした。

「おぬしは？」

「それがし、寒九郎様の傅役にござる」

「ともかくも、先生はお会いにならぬ。たとえ、息子であろうと孫であろうと」

「いまは亡き父鹿取真之助の、祖父上に書いた手紙をお渡ししたい」

寒九郎は懐から鹿取真之助の書状を取り出して掲げた。

「どのような内容の書状だ？」

「祖父上宛てで封印されているので、それがしは読んでいない」

「大事な手紙か？」

「父上と母上が殺される寸前に祖父宛てに書かれた手紙だ。死んだとされている祖父に、なんとしてもお届けしろといわれた書状だ。おそらく大事なことが書かれている」

「しばし待て」

初老の男は小屋から岩場に移ると、身軽に切り立った崖をするすると降りて来た。最後にくるりと一回転して草地に飛び降り、さっと寒九郎の前に立った。

「書状を見せよ」

初老の男は手を差し出した。寒九郎は頭を左右に振った。

「祖父上に直接手渡したい。見知らぬ者に渡せない」

初老の男は苦笑いした。

「それがし、谺仙之助先生の直弟子の南部嘉門だ」

「信用ならぬ」

寒九郎は敢えていった。

谺仙之助に二人の直弟子南部嘉門と大曲兵衛がいるのは聞いていた。だが、相手がこちらを信じない以上、こちらも相手を信じないと応じるしかない。

「お互い、信じ合えぬとは困ったものだな」

南部は寒九郎に向き直った。

「では、左の肩を見せよ」

「左の肩？」

寒九郎は訝った。

「左肩に痣はないか？」

「知らぬ。己れには見えぬ」

「片肌を脱げ」

南部嘉門は真剣な眼差しで寒九郎にいった。

寒九郎は渋々と着ている小袖の左袖を脱ぎ、片肌を見せた。南部嘉門は寒九郎の後ろに回り、左肩の背を見た。傍らに立った草間も覗き込んだ。

南部嘉門は嬉しそうに笑った。

「うむ。この痣、たしかにおぬしは谺一族の血筋に間違いない」

「なに？」

寒九郎は左肩を捩り、背中を見ようとした。だが、どうしても見えない。

「先生によると、谺一族の男は左肩に決まって白鳥が翼を拡げて飛ぶ姿のような赤痣があるとおっしゃられていた。おぬしの痣は、先生の肩にもあった痣と同じ白鳥の形だ」

「さようでござるな」

草間も嬉しそうに笑った。寒九郎は、いきなり小刀を抜いた。

南部嘉門がさっと飛び退いた。

寒九郎は小刀の刃を左肩の背にかざした。刃にちらちらと背中の赤痣が映っていた。

たしかに、白鳥が翼を開いているように見える痣だった。

「知らなかった。父上も、母上も、そんなことは教えてくれなかった」

寒九郎は小刀を元の鞘に戻した。

南部嘉門はにこやかにいった。

「寒九郎と申されたな。おぬしを先生の孫と認めよう」

「それでは、それがしも、おぬし南部嘉門殿を谺仙之助の直弟子であると信じよう」

寒九郎は父の書状を南部嘉門に渡した。

「拝読仕(つかまつ)る」

南部嘉門は書状を手に取って広げた。

つらつらと読み進み、封印された箇所まで来て止まった。

「なるほど。ここから先は先生が開いて読まねばならぬ箇所でござるな。それに書状には、寒九郎殿が先生に直接手渡すようにと書いてありますな」

南部嘉門は書状を畳んで捧げ持ち、書状に一礼した。それから寒九郎の手に書状を戻した。

「これはお返しいたす。寒九郎殿が先生に直接お会いして、この書状をお渡しするのが筋というものでしょうな」

寒九郎は書状を懐に戻しながらいった。

「では、祖父上に会わせてくれますね」

「それが、先生は、いまこちらにいないのです」

「どこかに出掛けているのですか？」

「そうです」

「いつ戻るのですか？」

「ここに戻るかどうかも分からないのです」

「戻らないかも知れないのですか？」

「さよう。ここは先生の本拠ではありません。いわば、出城のようなもの」

「では、本拠は、どちらにあるのですか？」

「本拠は十二湖にあります。先生は大曲兵衛を連れ、十二湖の砦に居られるはず」

寒九郎は草間大介と顔を見合わせた。十二湖は白神山地でも西のはずれの海の近くにある。寒九郎が子どものころ、十二湖の話は聞いたが、行ったことはない。

「祖父上は、その十二湖に砦を造って本拠にし、いったい何をしているのです？」

「地元の民を助けているのですが、それがしも、先生のお考えはよく分かりません」

「地元の民を助ける？」

寒九郎は首を傾げた。

南部嘉門は両手を挙げ、髯のエミシたちにエミシ語で何やら叫んだ。頭の大男は手にした斧を高々と上げ、周りの男たちに何事かをいった。

やがて髯を生やしたエミシたちは、ぞろぞろと引き揚げはじめた。やがて、暗門の滝からエミシたちの姿は消えた。

「ああ、助かった」

恐れ戦いていた源太もようやく平伏するのをやめ、やれやれと立ち上がった。

寒九郎は作務衣姿の南部嘉門が腰に刀を帯びずにいるのに気付いた。

「南部殿、祖父上は谺一刀流を邪剣として封印したと聞いています。それは本当なのですか？」

「はい。本当です。先生は自らも谺一刀流を禁じるだけでなく、我らにも谺一刀流は使ってはいけない、と厳命しておられます」

「なぜでございます？」

「それは、先生に直接にお尋ねください。それがしたちには答えられません」

南部嘉門は頭を振った。

寒九郎の背を楓が鼻面でぐいっと押した。

「どうした、楓。腹が減ったというのか」

寒九郎は振り向き、楓の鼻筋を撫でた。楓はいなないた。

ブチも草間大介に鼻面を押しつけて、帰ろうと押している。

「どうかな。まもなく、日も暮れる。わざわざ暗門の隠し小屋を訪ねて参ったのだから、招かざる客とはいえ、三人とも今夜はうちにお泊まりになるがよかろう」

南部嘉門は笑いながらいった。

「馬たちも、山道を歩いて疲れておるようだし」

寒九郎は草間大介、源太の顔を見た。みんなほっとした顔になっている。

「ありがとうございます。では、南部殿、三人と馬二頭、よろしくお願いいたします」

寒九郎たちは、南部に頭を下げた。

気が付けばブナの森に薄暮が押し寄せていた。森の鳥たちも、ねぐらの木々で騒いでいた。白神山地の夜は早い。

六

ブナの枝の葉が風に揺らぎ、かすかな音を立てていた。

寒九郎は藁布団に身を横たえたまま、なかなか寝付かれずにいた。水が落ちる滝の音が間断なく響いている。

ブナの木を支柱とした小屋は太い枝の上に板の床を載せ、竹や蔦で編み上げられた壁で囲み、その上に茅や葦を葺いた屋根を被せていた。屋根や壁には、無数の隙間があり、そこから月明かりが洩れて小屋の中に差し込んでいた。冬を過ごすことは出来ないものの、夏場は過ごしやすいだろう。

南部嘉門の話では、いま寒九郎が寝ている、この小屋に祖父が寝起きしていたとのことだった。わずか一間(けん)四方ほどの狭い小屋だが、寝るだけなら居心地は悪くない。

南部に案内されて、初めて知ったが、こうした樹上小屋が暗門の滝周辺のブナの大木の上に、いくつとなく造られてあり、三つの滝を見下ろす位置にあった。

どの小屋にも出入口の他に、四方の壁にそれぞれ小窓が開いており、中から矢を射かけることが出来る。部屋の壁には、何張りもの弓が架けてあり、矢立てに何十本もの矢が用意されていた。

小屋と小屋の間には、葉や枝で隠した橋や梯子(はしご)が渡してあり、下に降りずとも、隣の小屋と行き来出来るようになっていた。

食糧や水瓶(みずがめ)を貯(たくわ)えた小屋も、いくつもの樹の上に造られてあり、もし、敵に襲われても、これらの木の上に登れば、何日でも籠城出来そうだった。追い詰められても、最後の最後には、三つある滝壺のどれかに飛び込んで逃げる方法もある。

この暗門の滝の近くの山間に、白神エミシの村落(コタン)がいくつもあり、昼間現われた髯面のエミシたちは、そのコタンの戦士たちだった。

コタンには男たちの家族が生活しており、馬や牛、山羊なども一緒に暮らしていた。馬の楓とブチは、そのコタンの厩で預かってもらっている。

寒九郎にとって、見るもの聞くものすべてが珍しかった。郷里の白神山地に、自分の知らない世界がこんなにもあったか、と寒九郎は驚くばかりだった。

「愚か者めが」

小屋の隅から怒声が轟いた。寒九郎は驚いて藁布団に身を起こして暗がりを見た。暗がりに大男の黒い影が蹲っていた。大男は大きく伸びをして、胡坐をかいた。

「小僧寒九郎、おまえの生まれ育った古里のことを、すっかり忘れおって」

「おぬしは、名無しの権兵衛」

いつも夢か現か分からぬが、夢間に突然に現われる大男の侍だ。いつのことか、名前を聞いた時、大男は名無しの権兵衛だ、と名乗った。それ以来、名無しの権兵衛と呼んでいた。

「しかし、小僧、両親を見殺しにして逃げ出して以来、ようやく、古里に戻って来たな」

「それがし、父上、母上を見殺しになどしていない。助けたくても助けられなかった。それに……」

「父上母上から逃げろといわれた、と申すのだろうが。嘘をつけ。小僧、おまえは両親を見捨てて、ひたすら逃げたのだ。恐くなって逃げた。それを認めろ」

「………」

寒九郎は黙った。名無しの権兵衛のいうことは、どう否定しようとも否定出来なかった。いくら否定しても、逃げ口上になってしまう。

「いいか、小僧、ここは、おまえの古里、すべての始まりの場所だ。己れに正直になり、真っ正面から事にあたらねば、また悔やむことになる。いいな」

「はい」

寒九郎は神妙に応えた。名無しの権兵衛のいうことが正しいかも知れない、と思った。

「これまで、わしは、おぬしに四つのお伽話(とぎばなし)を話した。覚えておるな」

「はい。覚えております」

「それぞれのお伽話の寓意(ぐうい)も覚えておるな」

「はい。おぼろげにですが」

寒九郎は正直にいった。大男は呆れた声を立てた。

「まあ仕方がない。時に思い出して、反芻(はんすう)すれば、きっと真意も分かり、身に付くことだろう」

「はい」

「四つのお伽話の後に、これからは、おぬしがお伽話を話す番だともいった」

「はい。覚えております」

「これから、おぬしは、己れの物語を持たねばならない。己れの物語を作り、人に話せるようにならねばならないのだ」

「しかし、己れの物語を持つ、己れの物語を作ると申されますが、それに、どんな意味があるのですか？」

「戯け者め、まだ分からぬのか。この愚か者めが」

大男は本気で怒った。寒九郎は藁布団の上に正座した。

「己れの物語とは、己れの歩む道、己れの人生のことだ。他人にいわれた人生ではない、己れ自身の確乎たる人生だ。最期の最期に死んでも何の悔いもない、己れが決めて歩んだ人生のことだ」

寒九郎は項垂れた。まだ大男のいう話の真意が理解出来なかった。自分の物語を持つ意味が分からなかった。

「まあいい。これから、いくら愚か者のおまえでも、きっと分かる時が来る」

「はい。そうなればいい、とそれがしも思っております」

寒九郎は自信なげにうなずいた。

大男は闇の中でのっそりと立ち上がった。

「今夜は、一つだけ、おぬしに教えておかねば、と思ってやって参った」

「何でございましょうか？」

「東日流(ツガル)に還ったからには、この地のアラハバキカムイを敬うことを疎(おろそ)かにしてはならぬぞ」

「はあ？　アラハバキ神(カムイ)でござるか？」

寒九郎は何のことか分からず、大男を見上げた。

「アラハバキカムイは、ツガルのエミシ、アラハバキ族が信仰する神々だ」

「どのような神様でございましょう？」

「いいか、それを知るのも、おまえの物語を作るのに重要な手がかりになる。おまえの軀にも、アラハバキカムイが息づいておるということを忘れるな」

「それがしの軀にも」

名無しの権兵衛の姿が淡くなり、闇夜に消えて行った。

寒九郎ははっとして目を覚まし、身を起こした。壁の隙間から月の光が寒九郎の顔に差し込んでいた。

夢か。だが、アラハバキカムイのことが深く心に宿っていた。

それがしの身にもアラハバキカムイが息づいている？　どういうことなのか、と寒九郎は思うのだった。

葦の壁を通して、ブナの木が風に揺らいでいる気配を感じた。

七

翌日、寒九郎と草間大介は、南部嘉門とともに、楓やブチを預かってもらった高倉(たかくら)森(もり)のコタンに出掛けた。

その日は生憎(あいにく)の冷たい雨になっていた。

雨が霧となって、ブナ林に忍び込んで来る。

急に冬が舞い戻ったかのように肌寒い。

寒九郎と草間大介は、蓑笠(みのがさ)を着込み、茅や葦で編み上げて造った小屋を訪れた。

寒九郎たちを出迎えたのは、昨日、一の滝にいた黒髯を生やした大男ウッカだった。

ウッカはコタンの長(おさ)だった。

小屋の中には囲炉裏があり、赤々と薪が焚かれていた。炉端には、川で釣り上げた岩魚に竹串を刺し、燃え盛る炎にかざしてあった。

ウッカは、美しい妻ミナ、三人の子どもたちと暮らしていた。子どもたちは女の子二人と男の子一人。いずれも、目がくりっと大きな可愛らしい子どもたちだった。

ウッカはエミシのマタギだった。ミナははにかみ屋さんだが、笑顔が綺麗な女だった。

南部嘉門はエミシの言葉に堪能だった。南部は寒九郎や草間大介とウッカやミナとの間の会話を取り持った。

寒九郎は、昨夜権兵衛から聞いた話を思い出し、ウッカに尋ねた。

「アラハバキカムイとは何ですか？」

南部嘉門は困った顔をした。

「寒九郎殿は、どうしてアラハバキカムイを御存じなのか？」

「それがし、この地に生まれ、育つうちに、どこかで、そのアラハバキカムイについて聞いた覚えがあるのです」

半分嘘だったが、話しているうちに本当のことのように思われてきた。たしかに幼いころに、母の菊恵か父真之助のどちらからか、そのアラハバキカムイの名を聞いたような覚えがあるのだ。

ウッカは寒九郎の問いに大きくうなずいた。

南部はウッカの話を寒九郎に通訳してくれた。

「この東日流(ツガル)の地には、大昔からエミシのアラハバキ族が住み着き、漁業や農耕、交易などを行ない、豊かに暮らしていた。アラハバキカムイは、そのアラハバキ族が信じている神々です」

ウッカは何かに憑(つ)かれたように饒舌に話を続けていた。南部は、ウッカの話を意訳して寒九郎に伝えた。

「神々は天にも地にも水にもおられるのです。
天なる神イシカは、星や月、太陽など天のすべてを司(つかさど)っている大神。
地なる神ホノリは大地の風や雨、雷、雪、森や林、草や木々、農作物の豊作、獣や人間の生き死に、山や火山、地鳴りなどのすべてを司る大神。
水なる神ガコは、川や海、滝や渓流、そこに棲む魚や生きもの、洪水や高潮、大津波などを司る大神。

この天地水は、この三大神が支配しておられるのです。それらがアラハバキカムイです」

ウッカは、話は分かったか、という顔で寒九郎を見た。黒々とした獣のような髭面だったが、目は優しかった。

「天なるイシカ、地なるホノリ、水なるガコの三大神ですね」

寒九郎は、ウッカがいった神々の名をくりかえした。

ウッカは大きく頷いた。傍らにいた妻のミナも、夫のウッカと顔を見合わせ、にっこりと笑った。

ミナは笑みを浮かべながら、寒九郎に優しく何事かをいった。南部が通訳した。

「これからのあなたの旅に、どうかアラハバキカムイのご加護がありますよう、お祈りいたしております、と」

「ありがとうございます」

寒九郎は、ミナとウッカに深々と頭を下げた。草間大介も一緒に頭を下げていた。

風が森を渡る音が聞こえた。

寒九郎はウッカ夫婦と南部にいった。

「そろそろ、我々は出立いたします」

「そうですか。ここから十二湖までは、かなり難儀な山道ばかりです」

「覚悟しております」

小屋の中の厩で楓がぶるぶると鼻を鳴らした。ブチも前足で土を掻いている。早く外に出してくれと催促している。

「楓、ブチ、おうよしよし」

寒九郎と草間大介は立ち上がり、いま一度頭を下げ、ウッカとミナの夫婦に楓とブチを泊めてくれた礼をいった。

子どもたちが、寒九郎と草間大介にまとわりついて別れを惜しんだ。

寒九郎と草間大介は、楓とブチに手綱や鞍を付け、小屋から外に連れ出した。

表には、いつの間にか、マタギの源太が待っていた。源太は隣家のエミシの男と切り株に座り、キセルを吹かしていた。

雨はいつしか上がっていた。ブナ林を覆っていた霧は晴れ、天空に青空が見ていた。

「早速にアラハバキカムイが、おぬしたちの旅立ちを祝ってお天気にしたらしい」

南部がにこやかにいった。

「南部殿、いろいろかたじけない」

「またお会いすることになりましょう。その時まで」

「では、よろしう」

寒九郎は南部に一礼し、楓の背に跨がった。

草間大介もブチの背にひらりと飛び乗った。

マタギの源太は、すでに駆け足で先に行っていた。

「ごきげんよう。さらば」

寒九郎と草間大介は、ウッカ夫婦や子どもたち、さらにはコタンの村人たちに見送られながら、馬の腹を鐙(あぶみ)で蹴った。寒九郎たちは、一路、西へ向かって馬を走らせた。

第二章　十二湖隠し城

一

大吾郎が武田作之介のお供をして、屋敷に戻って来ると、玄関の式台に由比進が座って待っていた。

主人の作之介は奥方様や御女中に迎えられ、奥に入って行った。すると由比進は振り向き、

「大吾郎、大門先生から言付けがあった。橘先生と大門先生が折り入って、我々二人に話しておきたいことがあるそうだ。これから、おぬしを連れて橘先生のお宅に参れ、といわれておる」

「なんだって？　橘先生宅へ？」

大吾郎は不安そうな表情になった。

「いったい、何の話なのだろう？」

「寒九郎についての話だ。おぬし、大門先生に、なぜ、寒九郎は津軽藩から命を狙われるのか、と訊いたそうだな」

「うむ。訊いた」

「実は、それがしも橘先生にしつこく訊いた。そうしたら、大門先生も橘先生も、これまで内緒にしてきたが、いつまでも喋らないわけにはいかんだろう、となったらしい」

「そうか。じゃあ、それがしも行かざるを得まいな」

大吾郎はいくぶん安心した顔になった。

「では、早速、参ろうか」

「支度をせねば……」

「それがしも着のみ着のままだ。おぬしは供侍の格好でもよかろう。先生は気さくな御方だ。日もまもなく暮れる。その前にお訪ねした方がいい」

「そうか。このままの格好でよければ、すぐに参ろう」

大吾郎はうなずいた。

由比進と大吾郎は、門番に門扉(もんぴ)脇の通用口を開けさせ、外に出た。ふたりは足を揃えて、暮れ泥(なず)む武家屋敷街の通りを歩き出した。

由比進は、大吾郎と歩くのが初めてのような気がした。小さな子どものころ以来かも知れない。物心(ものごころ)がついてからは、いつもいがみ合っていたようにも思う。

由比進は、もし、明徳道場の大内真兵衛たちに見られたら厭(いや)だなとは思ったが、その時はその時と腹を括(くく)った。

一方の大吾郎も、同じような気持ちで歩いていた。

橘左近の屋敷は明徳道場へ行く途中にあった。道場は半刻以上も前に稽古が終わり、閉まっている。そのため、道場帰りの門弟たちとはすれ違うことはなかった。

門弟の誰にも見られずに、橘左近の屋敷に着き、ふたりはほっとして顔を見合わせた。

由比進と大吾郎は家人に案内され、書院に通された。

書院には橘左近と大門甚兵衛が向かい合って座る姿があった。由比進と大吾郎が到着するまで、何事かを話し合っていた様子だった。

由比進と大吾郎は、おずおずと書院に入り、橘左近と大門甚兵衛の前に進み出て、頭を下げた。

「二人とも、挨拶はいい。そこに座りなさい」

橘左近は静かにいい、目で自分たちの前を差した。大門も何もいわずにうなずいていた。

「失礼いたします」

由比進と大吾郎は、橘左近と大門の二人の師の前にきちんと正座した。

橘左近は腕を組み、目を瞑（つむ）っていた。

大門が代わりに話しはじめた。

「由比進、大吾郎、わしから話をしよう。おぬしたちにこれから話すことは、本当は墓場まで持って行かねばならぬ大事。だが、いま、かつて我らがしたことと同じような過ちが繰り返されようとしていると知り、我々が口を閉ざしておるのはいかがなものか、またむざむざと若者を死地に送ることになるのではないか、となったのだ。わしらも、そう若くはない。すべてを封印したまま、この世を去るのは悔いが残るだろう。そう思って、おぬしたちに話しておこうとなったのだ」

大門は橘左近に顔を向けた。橘は何もいわずに、ただ大きくうなずくだけだった。

大門は深いため息をついた。

「わしたち、橘左近、わし大門、そして、谺仙之助の三人は、いまのおぬしたちと同じ年ごろに、ある夜、御老中から一人ずつ別々に呼び出されて審問された。これは御(お)上(かみ)の御意(ぎょい)でもあるが、と前置きされ、実は、おぬしの腕を見込んでいうのだが、何も理由を聞かずに、ある者を斬ってほしい、と。その人物とは、将軍家のためにならぬ者というのだ。それも、すぐに斬れというのではない。その時が来たならば、というものだった」

大門は腕組みをし、遠くを見る目付きになった。

「わしらはまだ若く未熟で修行中だった。何年も先のことだと聞いて、引き受けることにした。しかし、まさか御老中が三人を競わせて、ある者を暗殺させようとしていたとはつゆ思わなかった。むしろ、己れがほかの者よりも剣術の腕が立つのを見込まれて呼び出されたのかと、のぼせあがっていたのだから、始末に負えない。後になって聞けば、三人ともやはり自分だけが選ばれた、と思っていたのだから、御老中も罪なことをなさったものだ」

「ううむ。そうであったのう」

橘左近も静かに頭を振った。

大門は苦笑いしながら続けた。

「わしらは、あのころ御上を崇め奉っていた。だから、御上の御意となれば、天の声のように思っていた。御上のためなら命を捨てるのも厭わないと。なあ、左近、おぬしも、そうであったろう？」

「うむ。たしかに、あのころ、御上の御意に逆らうことはなかったな」

　橘左近は唸るようにいった。

「ただし、わしは大門や谺仙之助と違って、いうのも恥ずかしいが、あのころ、出世欲の塊だった。ひたすら剣術の修行を重ねたのも、己れの出世と栄達のためだった。そのために、他流仕合いを行ない、相手を倒して、自分の名を上げることだけを考えていた。大門、仙之助に負けたくなかった」

　大門はうなずいた。

「おぬしだけではない。わしも、そうだ。左近や仙之助に負けたくないという一心だった。はじめから、何でも分かっておったのは、おそらく仙之助だけかも知れないのう」

　大門は橘左近と顔を見合わせて、笑い合った。大門は続けた。

「三人三様、みなそれぞれの道を歩み、心の中で競い合っていた。左近はたちまち鏡新明智流の免許皆伝を取り、道場破りで名をあげ、若くして天下無敵の剣豪と自他共に認められるようになった」

「いやいや、天下無敵の剣豪などとはうぬぼれもいいところ。若気の至りだった。わしより、甚兵衛、おまえこそ鏡新明智流免許皆伝を取っただけでなく、鹿島夢想流、柳生新陰流、北辰一刀流の門を叩いて学び、起倒流を会得したではないか。他人に出来ることではない」

「それがしなんぞよりも、仙之助だ。仙之助は鏡新明智流免許皆伝に飽き足らず、秋田の奥の険しい山に籠もって山岳剣法の修行をし、ついに谺一刀流を編み出して開祖になった。仙之助こそ剣の天才だった」

　大門は感慨深そうにいった。

「一方、御上は隠居なされた。御老中も幕閣から引退なさり、ご隠居様の下の側用人になられた。そして、五年の歳月が経った。すっかり密命なんぞ忘れていた我々一人一人に、突然、ご隠居様の使いがやって来て、呼び出された。かつての密命を果たすようにとご下命があった」

「そうであったな。わしは忘れてはいなかったが、密命はもうないものと思っていた。だから、ご隠居様から呼び出され、あらためて密命を申し渡された時、正直仰天いたした。まだ密命は生きていたのか、となた」

橘左近は呻(うめ)くようにいった。大門はうなずいた。

「わしらは、それぞれ、ばらばらだったので、まさか密命が三人に下りているとは知らず、自分にだけ来たものだ、と思い込んでいた。だから、誰にも相談せず自分だけがやればいい、と考えた」

書院の隅(すみ)に立てられた燭台の蠟燭の炎がかすかに揺らいだ。

大門が沈んだ声でいった。

「御上からの密命とは、津軽の地にいる、北の邪宗門(じゃしゅうもん)の皇子(おうじ)を殺(あや)めろ、というものだった」

由比進は大吾郎と顔を見合わせた。

北の邪宗門については、以前寒九郎から聞いたことがある。大門老師や橘老師は口にするのも汚(けが)らわしいと嫌悪していたので、寒九郎は訊くのも憚(はばか)られたと。

由比進は大門に恐る恐る尋ねた。

「北の邪宗門とは、いったい何なのですか？」

大門は目をぎょろりと光らせた。

「バテレン追放令は存じておろうな」

「はい。切支丹(キリシタン)を邪法として禁じている法令ですね」

「うむ。邪宗門は、皇室や幕府が正法としている神道や仏門ではない邪宗で、皇室や幕府の宗教的な権威を認めず、自分たちの独自の教義や宗教を奉じる宗門のことだ」

「では、北の邪宗門とは、北に切支丹バテレンがいるというのですか？」

「違う。切支丹ではない。北の邪宗門は、アラハバキカムイのことだ」

大門は厳しい口調でいった。

「アラハバキカムイ？」

由比進は大吾郎とまた顔を見合わせた。

「津軽エミシ、アラハバキたちが奉じている神だ」

大吾郎が訊いた。

「先生、北の邪宗門の皇子とおっしゃられましたが、その皇子とは、どういう方(かた)なのです？」

大門は少し考えながら答えた。

「アラハバキの皇子だ」

由比進が尋ねた。

「皇子といえば、京の都に居られる天皇家の皇子のことではござらぬか？」

「津軽には、大昔、ヤマト朝廷から追われたミカドの血筋を引く安日彦(あびひこ)と長髄彦(ながすねひこ)の一族が移り棲んでいた。その二人の子孫とされるのがアラハバキ族だ」

「ではアラハバキは、皇統に繋がる一族だというのですか？」

「安日彦と長髄彦の伝承が真実だったら、そうなる。アラハバキ族はかつて安東水軍といわれ、陸奥一帯を支配して一大皇国を創っていた。ヤマト朝廷は彼らを認めず、蝦夷と呼んで蔑み貶め、幾度となく征夷大将軍率いる大軍を派遣した。だが、アラハバキの抵抗は激しく、なかなか征服出来なかった。業を煮やしたヤマト朝廷は奸計を用い、和平を申し入れ、アラハバキ族の族長を油断させて暗殺した。そうして、ようやく平定したという歴史もある」

　大門が続けた。

「安日皇子を担ぎ出した人たちとは、夷島に追われていたアラハバキ族で、もともとは安倍一族として知られている」

　夷島は津軽海峡を北に渡った蝦夷の島だ。

　由比進は訝った。

「安倍一族ですか？」

「そうだ。安倍一族は、もともと津軽の十三湊を本拠地にした豪族で、昔は安東水軍と呼ばれ、安宅船や関船を使って軽海峡や周辺海域を支配するだけでなく、北前船と張り合い、琉球、台湾、中国大陸、北は赤蝦夷や樺太にまで交易を求めて進出した一大勢力だった。安倍一族はヤマト朝廷に服従せず反旗を翻していた。その安倍一族が故郷の津軽十三湊に舞い戻ったのだ」

橘老師が大門の説明を補足した。

「長年アラハバキの安倍一族は津軽や海峡を渡った夷島に隠れ住んでいたが、安日皇子が成長し、皇統であることに目覚め、朝廷や江戸幕府に対抗する一大皇国を津軽に再興しようと野心を抱いた。その安日皇子を密かに葬れという密命だった」

「皇子の名は安日というのですか？」

由比進が思わず身を乗り出した。

「うむ。安日彦の安日だ。安日皇子は安日彦の生まれ変わり、化身だと称していた」

大吾郎が膝を進めた。

「大門先生も橘先生も、その安日皇子を殺めろというご下命に従ったのですか？」

「ははは。前にも申したように、わしは見事失敗した。失敗というよりも、事に至る前にやる気を失い、挫折したといっていい」

大門は高らかに笑った。

橘左近は苦笑いした。

「わしも、結局駄目だった。わしはエミシの護衛に阻止されて失敗した」

大門が橘老師を見ながら、頭を振った。

「わしは、おぬしか仙之助のどちらかが暗殺に成功したとばかり思っていたのだがな」

橘左近は頭を振った。

「安日皇子を殺るのは、並大抵のことではない。皇子は神変不思議な法力を持っている。噂では信じられないような魔力の持ち主だ」

「どういう法力なのですか？」

由比進が訊いた。橘は当時を思い出すように考え考えしながら話した。

「わしが皇子と立合った時は、皇子は十字の護符と長い杖を持っていた。だが、わしが斬りかかる間もなく、十字の護符が眩しく光を放ち、わしは目をやられた。軀が金縛りになって動かなくなった。そこを護衛に突き飛ばされ、溪流に転げ落ちた。それで命が助かった」

大門老師は腕組みをしながらいった。

「ううむ。わしの聞いた噂では、安日皇子は病人に手をかざすだけで病気を治したそうだ。歩けない人の足に触るだけで立ち上がって歩けるようになるそうだ。皇子を斬り殺そうとした人は、皇子が何もせずとも、天罰があたり、崖から落ちて死んだり、川や湖で溺れ死んだりする。祟り(たた)が恐いので、皇子を襲う人はいないそうだ、と」

　由比進が尋ねた。

「では、谺仙之助様が、安日皇子を斬ったのでしょうか」

　大門は首を捻った。橘左近も頭を振った。

「それが分からないのだ。谺仙之助はたしかに無事江戸に帰って来たが、北の邪宗門や皇子については口を噤(つぐ)み、何もいおうとしなかった」

「谺様は、帰って来て、ご隠居様や元御老中に結果をご報告なさったのでしょうね？」

「真面目な仙之助のことだ、成功したか、否か、なんらかのことは報告してあるはずだ」

「その報告の内容は、分からないのですか？」

「分からぬ。もう三十年も前のことだ。いまでは北の邪宗門やアラハバキの皇子について何も語る人はいないらしい」

　大門が頭を振った。

　由比進が身を乗り出して尋ねた。

「いままた津軽の地に何かがあって、また再び御上が腕の立つ者を募って、何かの密命を与え、津軽に送り出そうとしているそうなのですが、これは、いったい、どういうことなのでしょうか？」

「分からぬ」

橘左近は大門を見た。

「わしも分からぬ」

大門も頭を左右に振った。

大吾郎が訊いた。

「いままでの話からは、鹿取寒九郎が津軽藩の刺客になぜ狙われるかがまだ分からないのですが。なぜ、津軽藩はそんなに寒九郎を殺めようとしているのか、そのわけは何なのです？」

橘左近はうなずいた。

「わしらが安日皇子暗殺を命じられていたころは、幕府は津軽藩に安日皇子らの追討を命じて盛んに督促していた。津軽藩は、当時飢饉に何度も襲われて財政が逼迫(ひっぱく)していた。それでも、幕府の命令通りに追討しようとする派と、幕府に反発し、地元の産業や商業を盛んにして財政再建を図る派に分かれて、対立していた。当然、わしは追討派の協力を得て、安日皇子を追いかけた。ところが、将軍が代わり、老中に田沼意次（たぬまおき）が就くと、幕府の方針が追討から容認に変わった。追討派と財政再建派は折り合いが悪く、かなり険悪な対立になっていた。寒九郎の父は、財政再建を主張する急先鋒だった。そうした対立が爆発して、追討派が鹿取真之助を討ったのではないか、とわしは見ておる」

「それだけのことで、鹿取真之助は討たれたのかな？　わしはもっと裏があるように思う。津軽藩の内紛は、幕府内の対立が絡んでいるような気がするのだ」

「どういうことです？」由比進が訊いた。

大門がうなずいた。

「まだ明からさまにはなっておらぬが、田沼派と反田沼派の攻防だ」

由比進と大吾郎は顔を見合わせた。

由比進も大吾郎も、将軍家重から側用人に重用された田沼意次が幕府内で急速に権力を強化しているという話は耳にしていた。だが、若い由比進や大吾郎には、田沼派と反田沼派の違いが分からず、またなぜ対立しているのかも分からなかった。

由比進が首を捻った。

「田沼派と反田沼派は、どうして対立しているのです？」

大門が応えた。

「わしの考えでは、田沼意次は商人や商売を大事にしている。国内の商取引を活発にさせ、異国との交易を盛んにし、金儲けをして幕府の財政を豊かにせんとしているとな。商取引で物をたくさん仕入れ、売り捌(さば)くので、江戸の街には物が溢れている。民が豊かになるので、国も豊かになる。田沼意次は、そういう政策を執ろうとしている。わしは、田沼意次のやり方、よしと思うておる」

橘左近が頭を振った。

「わしは反対だ。田沼意次の政策は、人を金儲けに走らせ、豊かな者と貧しい者の差を広げているぞ。金持ちは金儲けでますます金持ちになり、反対に貧乏人はますます貧乏になる。田沼は金儲けを重視し過ぎる。やはり、国の礎(いしずえ)は米作りにありだ。米を作ることに力を注がなければ、国は豊かにならん。金儲けは生活を華美に走らせ、贅沢を増長する。百姓が米を作ってこそ、武士も生活が出来るというものだ。贅沢をやめ、質素倹約して、生活を改めなければ、国は破綻するだろう。わしは田沼の政策に反対だな」

橘左近は顎をさすった。

大門は笑いながらいった。

「由比進、大吾郎、おぬしたち、若い者は、どう思うかな？」

「自分には、まだ分かりませんが、金儲けが過ぎて人が自堕落になるのは避けたいですね。真面目に生きている人たちが不幸にならなければ、それがしは、どちらでもいいと思いますが」

　由比進は考え考え答えた。

「大吾郎は、どうだ？」

「金儲けが出来ればしたいです。金さえあれば、両親や妹を楽にさせることが出来るので」

「うむ。正直でよろしい」

　大門はにやっと笑った。橘左近もうなずいた。

「ま、ふたりとも、概ねよしとしよう。これから若い者は自分の足で立ち、自分の頭で考えていかねばならんのだからな」

　大門は続けた。

「話を戻そう。ともあれ、幕府の要路内に、田沼を支持する派と、田沼に反発する派がいて、対立しているということだ。そこで、左近、妙な動きを耳にしたのだろう？」

「うむ。わしが聞いた話では、御上が奉納仕合いで認めた剣士を呼び寄せて、何か密命を与えるのと別に、田沼派、反田沼派の幕閣もそれぞれ、密かに腕の立つ剣士を呼び、刺客に仕立てて、津軽に送り込んでいるらしいのだ」

「刺客を津軽に送り込み、誰を討つというのです？」

由比進が訊いた。左近はじろりと由比進を睨んだ。

「もしかすると、谺仙之助を殺すためかも知れない。大門、そう思わないか？」

「しかし、仙之助は津軽に戻り、死んだことになっていたではないか」

「だが、仙之助は生きていた。それと分かって幕府のある者は仙之助を葬ろうとしているのではないか？」

由比進は大吾郎と顔を見合わせた。

「なぜ、ですか？」

「仙之助が生きていて、いま、安倍一族、つまりアラハバキの味方になって、何事かを画策しているかも知れないからだ。それをけしからんと思う幕閣がいるのだろう」

橘左近はいった。由比進が訊いた。

「谺仙之助様は、なぜに、アラハバキ族の味方をしているというのですか？」

大門がおもむろに答えた。

「仙之助は自身の軀にアラハバキの血が流れているといっていたことがある。だから、彼は安日皇子暗殺の密命を受けたことに悩んでいた。それが、アラハバキ族のためになるのか、とな」

「では、寒九郎の軀にも……」

「仙之助の直系の孫だぞ。アラハバキの血が流れている。本人は、その自覚がないかも知れないが」

大門はまた静かに頭を振った。

由比進は衝撃的な話を耳にし、自問自答した。寒九郎の軀にアラハバキの血が流れているとしたら、もしや、己れの軀にもアラハバキの血が流れているのではあるまいか、と。

二

高倉森のコタンを出立してから、源太マタギの案内で、寒九郎と草間大介は、深いブナ林の昼なお薄暗い樹海に分け入り、ひたすらに西へ西へと歩み続けた。

険しい山間(やまあい)の小径(こみち)は人の歩ける道ではなく、くねくねと折れ曲がり、いくつにも枝分かれし、どこへ続くか分からないケモノ道であった。それも鬱蒼（うっそう）とした藪（やぶ）や灌木（かんぼく）に覆われていて、寒九郎たち人や馬の行く手を阻んでいる。

それでも源太にとっては歩き慣れた径らしく、時々先に行っては岩の上に座って、キセルの莨（たばこ）を吹かしながら、寒九郎たちがやって来るのを待っていたりする。

源太によると、高倉森から十二湖まで、山間の道、それも難所を避けて遠回りしたり、高低差のある山道を登り降りするため、真直ぐには行けず、およそ八里（三十二キロメートル）ほどは歩かねばならない。

平地の道なら八里は苦労なしに歩けるが、随所に険しい谷や沢の急流、急斜面の崖やガレ場がある白神山地はそう簡単に踏破は出来ない。

寒九郎は、生まれ育ったはずの遠い記憶にある故郷の白神の山地がこんなにも奥深いところだったか、とあらためて思うのだった。しかし、楓の手綱を引いて歩きながら、また楓の馬上に跨（また）がり、白神の風に吹かれていると、生きているという実感と喜びを感じるのだった。

時折、展望が利く小高い丘や尾根に差しかかると、源太が手を上げて、寒九郎たちに止まれと合図をする。

源太は岩に立ち、美しい岩木富士を基点にして、四方の山々の名前を教えてくれた。

いま立っている櫛石山(くしいわやま)から西の方角に見えるのは、険しい山容の天狗岳(てんぐだけ)、ついで向(むかい)白神岳(しらかみだけ)、さらに奥の大峰岳(おおみねだけ)と、山々が連なっていた。まだまだ十二湖までは遠い。

「おう、マッカのホノがおるな」

源太は目を細め、沢に降りる斜面の岩場を指差した。そこに、灌木の間に見え隠れするカモシカの親子の姿があった。白神のマタギは、カモシカをマッカとかアオ、子どものカモシカをホノと呼ぶ。白神エミシの言葉だ。マッカはかなり離れた場所にいるのに、寒九郎たちの気配を感じると、頭をきっと上げ、ホノに警戒の声を上げた。

「シカリ、十二湖まで、あとどのくらいあるのだ？」

草間大介が手拭いで汗を拭いながら訊いた。シカリとはマタギの頭領の呼称だ。後で知ったのだが、源太は白神山地では名が知られたマタギのシカリ中のシカリだった。

「まだ高倉森を出てから、二里も来てなかんべな。まだまだだあ。さあ、行くべえ」

源太は草が生い茂った斜面を楽々と降りはじめた。寒九郎は楓の背によじ登り、鞍に跨がった。草間大介もブチの背に跨がり、源太の後に続く。

源太の姿がふっと草の中に消えた。

寒九郎は楓を源太が消えた草叢(くさむら)に歩み寄らせた。

源太はしゃがみ込み、地べたを調べていた。

「どうした？」

草間大介もブチを停めた。寒九郎は楓をブチに並べた。

源太は生えている薄の葉を掻き分け、草間大介と寒九郎に地べたを見せた。土の上に足跡がいくつもあった。

「オオカミだべ。オオカミの群れが通った跡だ」

ブチはぶるぶるっと鼻を鳴らした。楓も落ち着かない。

「近くにいるのか？」

「うんだ。少し前に通った跡だ。この斜面を下っているべ。このまま行くと、オオカミの群れとぶつかってしまうかも知んねえ」

草間大介は困った顔をした。

「どうする？」

「少し危険なガレ場があっけど、沢に下りず、尾根伝いに天狗岳を目指すべ。尾根伝いならば、オオカミも追って来ねえべ」

源太は樹林の梢越しに聳える三角形の山の頂を指差した。尾根が続いているが、険しそうな崖やガレ場が見える。

源太は斜面を下るのをやめ、尾根に向かった。

「オオカミたちは我々に気付いておるまいな」

「オオカミは腹を空かしてなければ、滅多に人を襲うことはねえだ。さっき見たマッカの親子が心配だ。オオカミは一度餌だと狙ったら、しつこく、どこまでも追いかけてくるんだ。あのマッカの親子が無事に逃げ延びられればいいけんどよ」

源太はそういいながら、草を分けて尾根を辿りはじめた。

寒九郎は楓の背から降りた。楓も尾根の道なき道は苦手な様子だった。草間大介もブチから降り、手綱を取って歩き出した。

オオカミの群れといえば、あの白い大オオカミのカムイは群れの長として、一緒にいるのだろうか？

源太は、あの白い大オオカミが白神山地の守り神だといっていた。ならば、恐くない、と寒九郎は思った。

そうならば一度また会いたい。遠い記憶だが、子どものころに、どこかであの白オオカミに出会ったような気がしてならなかった。だから少しも恐いとは思わなかった。むしろ、懐かしくもあり親しみを感じるのだった。

天狗岳からの眺望は素晴らしい。遠くは岩木山、近くは白神山の頂が、ブナ林の緑深い樹海越しに見える。西にめざす十二湖、さらに海原が広がっている。

涼やかな緑の風が吹き、小鳥たちの囀りが冴え渡る。太陽の光が緑の大地に降り注ぎ、森に育まれた生き物たちの生命が蠢いている。

谷川のせせらぎ。風が木々の葉を揺らす気配。草花の芳しい薫り。むせ返るような濃厚な草いきれ、土の匂い。

ブナ林には、ところどころで山桜が混じり、満開に咲き誇っていた。

寒九郎は、ミナが作ってくれた握り飯を食べながら白神山地が織り成す美しい風景に見とれていた。草間大介と源太も握り飯を頬張り、風に吹かれている。背後の草地では、楓とブチが仲良く草を食んでいた。

しばらくして、源太が立ち上がった。

「そろそろ行くべか。あんまりのんびりしてっと、日暮れまでに十二湖に着かねかも知んねえ」

草間大介も寒九郎も重い腰を上げた。楓もブチも寒九郎たちの出立する気配に顔を上げ、草を食むのをやめた。

それから、寒九郎たち一行は、天狗岳の山麓の急斜面を下り降り、再びブナ林の樹海に足を踏み入れた。

向白神岳の尾根の峠を越え、また深いブナ林に入り込む。ブナの木々があまりに高くてあたりがまったく分からずに歩くが、源太には、しっかりと道が分かっている様子だった。

森の先から水音が聞こえた。と思ううちに、視界が開け、白い泡を立てて流れる渓流の畔(ほとり)に出た。源太によれば、笹内川(ささないがわ)と呼ばれ、十二湖に注いでいる川だという。

今度はその笹内川を辿って下流に向かう。沢は石や岩だらけの河原で歩き難く、寒九郎も草間大介も何度も馬から下りて、手綱を引いて歩いた。

沢は突然に終わり、また深いブナ林が眼前に広がっていた。ごつごつした岩や石の径がふかふかとした草の大地に変わっていた。

太陽はだいぶ西に傾き、ブナ林の陰を濃くしはじめている。

突然、源太がブナの樹間に見え隠れしている水面を指差した。

「見なせ、あれが十二湖の一つ、青湖(あおこ)だ」

寒九郎は楓の馬上から水面を見下ろした。

水は青々として澄み切っていた。湖底に揺らめく水藻や群れた魚影までもがはっきりと見える。

「この水がうめえんだ」

源太は水辺に腹ばいになり、湖水に顔をつけて、喉を鳴らして飲んだ。

寒九郎も草間大介も急いで馬から降りた。源太を見習い、腹ばいになった。湖水に口をつけて水を飲んだ。

冷たくて、甘い。まろやかな甘さが口の中に広がった。

「これは美味い」

「たしかに旨い」

寒九郎も草間大介も思わず口走った。

隣で楓とブチも水を飲んでいる。

「さあ、暗くなる前にねぐらに行くべ」

「なに、ねぐらがあるのか？」

「ああ。わしらが狩りのときによく泊まる穴場があんだ。さ、行ぐか」

源太は立ち上がり、また歩き出した。

湖の畔を進む。湖は深いブナ林にひっそりと囲まれていた。

「十二湖には、こんな湖が、そうさな、三十以上はあるべえな」

源太は歩きながら話す。

「それぞれの湖にはカムイがいるべ。だから、一つとして同じ湖はねえだ。みんな独特の顔をしてんだ」

「水のカムイは、ガコといったか？」

寒九郎がウッカの話を思い出しながらいった。

「うんだ。アラハバキの連中の言葉でいえばガコだ。だけんど、ガコにも、いいガコと悪さするガコがいてな。わしらを困らせることもあんだ」

「どんな風に？」

「そこに湖があると思って行ってみると、消えてしまって、草っ原になっている。水は干上がり、魚はあっぷあっぷしてんだ。水を飲みに来たマッカも、子のホノも大慌てして、ほかの湖さ飛んで行く」

突然、どこからか、木の幹を叩く甲高い連続音が聞こえた。

寒九郎は驚いて、頭上を見回した。

「ははは。クマゲラだんべ。クマゲラが木の幹に穴をあける時、あんな音がすんだ」

源太はこともなげにいって笑った。

キョロロ、クィーン。

鋭い鳴き声が響き渡った。

クマゲラの鳴き声だ、と源太がいった。

見上げると、ブナの太い枝と枝の間に、黒々とした大きな鳥の影があった。

二つ目の湖が樹間に見えた。

だいぶ太陽が西に傾いたらしく、陽光が樹間に斜めの白い帯を作っていた。その帯が次第に赤みを帯び、やがて湖面を茜(あかね)色に染め上げた。

ブナの木々の幹も夕陽を浴び、あたり一面赤く染まっていった。

やがて三つ目の湖の畔に出た。岸辺に草地が広がっていた。頭上には葉が生い茂ったブナの枝が延びている。夜露が凌げそうな草地だった。近くに焚火の跡もある。

源太がいった。

「今夜は、ここで野宿すっぺ」

寒九郎も草間大介も、その声に馬から降りた。楓とブチから鞍を外し、野放しにした。

楓もブチも、遠くには行かず、草地の周りで草を食みはじめた。

源太は、枯草を集めると火打ち石で火熾(おこ)しをはじめた。草間大介と寒九郎は森に入り、枯れ枝を拾い集めて湖畔の草地に運んだ。

やがて焚火が燃え上がった。

日が落ちると、あたりは真っ暗闇になる。森の夜は深い。

焚火の明かりだけが、闇の中を照らす光だった。

源太が持参した干物や干し飯(いい)を分け合い、その夜の夕食とした。

楓とブチは心細いのか、焚火の傍(そば)に近寄って来て、寒九郎たちと一緒に過ごしていた。

寒九郎は草地に鞍を置き、枕代わりにして寝転んだ。さすがに白神の五月はまだ寒い。焚火で暖を取りながら、寒九郎は微睡(まどろ)んだ。

どこかでフクロウの鳴く声が響いた。

ねぐらに帰った小鳥たちのざわめきも聞こえる。

夜の森の生き物たちの気配に耳を澄ましているうちに、寒九郎は深い眠りに落ちた。

三

翌朝、寒九郎は楓のいななきで目を覚ました。

周囲は小鳥たちの声で賑わっていた。

寒九郎は寝床にしていた草地に身を起こした。軀の節々が痛い。

源太と草間大介は、すでに起き出し、朝食の準備をしていた。草間大介が焚火に枯れ枝を入れ、源太が獲りたての岩魚を竹串に刺して焚火の周りに立てている。

「おはよう」

「おはよう」

　寒九郎は湖の水を手で掬い、顔を洗った。

「昨夜、誰かが様子を見に来たべな」

　源太がいった。

「え、気付かなかった」

「なに、本当か？　誰が来たって？」

　草間大介が湖水に手を入れて、顔をぶるぶるっと洗った。

「みんなよく寝込んでいたし、悪さする様子もなかったんで、起こさなかったんだ。そのうち、二人は帰って行ったべ」

「二人もいたのか？」寒九郎は訝った。

「隠し砦の細作か？」草間大介が手拭いで顔を拭いた。

「おそらくそうだべ」

「ここから、隠し砦までは、どのくらいあるのだ？」

「ほんの目と鼻の先だ」

　源太は笑い、竹串の岩魚の焼け具合を探った。

「腹拵えをし、早めに出よう。細作がわれらのことを知ったとしたら、味方とは知らずに襲って来るかも知れぬ」

　草間大介が焼き立ての岩魚に齧り付いた。寒九郎も焚火から竹串の岩魚を引き抜き、齧り付いた。川魚の臭いが鼻をついた。魚肉はほどよく焼けていて甘味がある。骨ごと丸齧りしながら、岩魚を味わった。


　目と鼻の先にあるといわれたが、いくつもの小さな湖を歩き回り、隠し砦を探した。だいぶ歩いたと思ったら、突然にブナ林が切れ、また青々とした大きな湖の畔に出た。

　目の前に太い幹の四本柱で組み上げられた櫓が立っていた。

　見上げると、櫓の頂の高さはブナ林の梢ほどもある。櫓の上に茅葺きの木小屋が建っている。

「おう、これは見事な櫓だな」

　寒九郎は馬上から感嘆の声を上げた。

　櫓の背後には、少しばかりブナ林があり、その後ろには、紺青の海原が拡がっていた。

櫓の上から歓声が聞こえた。

櫓の上には子どもたちが大勢よじ登り、頂上近くの梁(はり)に並んで座り、足をぶらぶらさせながら、寒九郎たちを見下ろしていた。

気付くと櫓の麓に、大勢の人々が立っていた。ウッカたち白神エミシと違い、みな和人とほとんど変わらぬ着物姿だった。

しかし、男は丁髷(ちょんまげ)ではなく、ざんばらにした総髪を頭頂にまとめて結い上げて丸い髷にしていた。男たちの多くは頬に黒い髯を生やしているが、髯を生やしていない者も少なくない。大半の年寄は白髪混じりの髯に山羊のような顎髭を垂らしている。

女は老若を問わず、長い黒髪を背に流している。若い女は黒髪をひっつめにして後ろで結い、馬の尾のように垂らしている。みな色白で、目がぱっちりと大きく、目尻が切れ上がって、美しい顔立ちをしている。

櫓の下に集まっている人々の数、およそ三百人。

しかし、男も女も一様に黙って、寒九郎たちをじっと睨んでいた。敵か味方か見極めようとしているのだ。

男たちは、みな弓矢を構え、寒九郎たちに向けていた。

「十二湖のアラハバキだべ」

源太が小声で寒九郎に告げた。

「大昔は白神エミシと仲が悪く、戦ったりしていたが、いまは仲良くなったべ」

楓が落ち着かず、そわそわと四肢を動かし、足踏みをしている。

一斉に矢を射かけられたら、と思うと、寒九郎は軀が震えた。寒九郎は声を絞って、大声でいった。

「我らはおぬしたちの敵ではない。それがしは、鹿取寒九郎と申す。おぬしたちと一緒にいる、谺仙之助は、それがしの祖父だ」

寒九郎はアラハバキたちの反応を見た。人々は子どもも大人もみんな一様に押し黙って寒九郎を睨んでいた。

「寒九郎様、ご用心を。彼らの弓矢は遠くまでは飛びませぬが、いずれも毒矢でござる」

草間大介がブチを宥(なだ)めながら声をかけた。

「分かった」

寒九郎は興奮する楓を宥めた。

男たちは刀を腰に差し、手に矢を番(つが)えた短弓(たんきゅう)を構えている。

女たちは、いずれも帯にマキリ（小刀）を差し、手には色とりどりの花を携えていた。

源太が上擦(うわず)った声を上げた。

「寒九郎様、周りにもいっぺ」

寒九郎は楓を回し、馬上から周りを見回した。

周囲の草叢やブナの木々の陰にも、短弓に矢を番えた男たちの姿が見え隠れしていた。

いつの間にか、周囲をアラハバキたちに取り囲まれている。

寒九郎はまた大声で叫んだ。

「アラハバキの衆、我らはおぬしらの敵にはあらず。それがしは、谺仙之助の孫、鹿取寒九郎でござる。ここへは、祖父谺仙之助を訪ねて参った。どなたか、どうぞ、祖父にお取り次ぎ願いたーい」

楓は軀をぐるりと回した。寒九郎は、大音声(だいおんじょう)を続けた。

「お願い申ーす」

寒九郎の呼びかけにはじめて応えがあった。櫓の前の人々の壁が左右に割れて動いた。人々の中から一人の背が高く、黒髯の顔をした偉丈夫(いじょうふ)が現われた。鷹(たか)のように鋭い目をしている。若くはない。人々の中では壮年の男だった。腰の帯に大刀を佩(は)いている。

「おぬしが、谺仙之助様の孫である証拠を見せよ」

偉丈夫が大声の和語で叫んだ。

証拠？

寒九郎はたじろいだ。草間大介が小声でいった。

「寒九郎様、左肩の白鳥の痣(あざ)ですよ」

「おう、あれか」

寒九郎は馬上で着物の片肌を脱ぎ、左肩を顕(あらわ)にした。そして、楓に跨がったまま、ぐるりと体を回し、偉丈夫たちに見せた。

「見えぬ」

偉丈夫は怒鳴る。

寒九郎は楓の腹を蹴り、櫓の前の偉丈夫を目指して馬を進めた。

偉丈夫の前でひらりと楓から飛び降りた。

偉丈夫はすらりと刀を抜いた。周りの男たちも一斉に刀を抜いて構えた。寒九郎は構わず、つかつかっと偉丈夫の前に歩み寄り、片肌脱ぎした左肩を見せた。

「これは飛ぶ白鳥の痣。たしかに谺一族の印」

偉丈夫は寒九郎の左肩を覗きながら、周りの人々に叫んだ。

おおっと男女の歓声が上がった。

「おぬしも、アラハバキだったか」

偉丈夫は急いで刀を腰に戻し、寒九郎に駆け寄って抱きついた。

「おう、アラハバキの同胞よ。よくぞ来た」

偉丈夫の髯が寒九郎の頰にあたり、ごわごわとして痛かった。

「お帰りなさい、同胞よ」

花を抱いた乙女たちが、寒九郎につぎつぎに歩み寄り、顕にした左肩の痣を見ては、花を差し出した。

さらに赤子を抱いた女や老女まで、色とりどりの花を手に寒九郎に駆け寄り、歓待の言葉をかけた。

「かたじけない」

寒九郎はいつの間にか、持ちきれないほど沢山な花を胸に抱えていた。

櫓の上にいた子どもたちも降りてきて、寒九郎を取り囲み、大騒ぎをしていた。

寒九郎は草間大介とともに、縄梯子をよじ登り、頂上の見晴らし台に立った。

「老師様は教祖様の御供をして、十三湊に御出でになられております。こちらには老師様は、しばらく還って参られません」

壮年の偉丈夫は、大熊太郎佐と名乗った。エミシ名はイソンノアシ、狩りの名人という意味だという。大熊は十二湖アラハバキの族長で、十二湖のコタンの長でもあった。

櫓の上の見晴らし台は、一度におよそ百人の大人の男女が乗ることが出来るほど広かった。台の端に茅葺きの木小屋が建っていて、そこには弓矢などの武器、食糧と水を入れた瓶、煮炊き用の薪が保管されていた。もちろん、十数人ほどなら寝泊まりが出来る。竈や炉もあり、米の煮炊きも出来る。

見晴らし台からの眺望は良かった。

北東に岩木山が見え、白神の山々や山を覆うブナ林も見渡せる。海岸には、船泊まりになる長い桟橋が見えた。帆を下ろした大型の北前船が一艘繋留されていた。

間近の森に見え隠れしているが、三十あまりの湖沼があり、さらに森の上に白く岩肌を見せているのが山崩れの痕である大崩れだった。

「十三湊は、この海岸沿いに北上し、およそ二十里（八十キロ）行ったところにあります。方角としては、ちょうど岩木山の背後になりましょう」

大熊は毛深い手の太い指で岩木山を差した。

大熊は祖父谺仙之助を老師様と呼んで敬っていた。谺老師が御供している教祖様は、皇子を安日様と呼び、谺仙之助以上に敬っていた。安日皇子は、いずれ北のミカドになられる方とのことで、アラハバキカムイを奉じる荒羽吐（アラハバキ）神社の司祭でもあった。

寒九郎はツガルに来て、はじめて荒羽吐やアラハバキカムイ、アラハバキ教の教祖である皇子の安日を知った。あわせて、己れはアラハバキの血筋を引くひとりであり、祖父谺仙之助もアラハバキなのだと認識を新たにした。

「この櫓は、海を行き来する我らの仲間、安東船の無事を見送る役目もあります。嵐の夜には、この櫓の上で火を焚き、船に陸地のあり場所や位置を教えるのです。かつては、沖から見える大崩れの白い岩場が陸地のある位置を報せていました。いまは、この櫓がその役目を担っています」

大熊はごつい体付きに似合わない優しい言い方で話す。

「ここにおられる時、祖父は何をなさっているのですか？」

「老師は、家来の大曲兵衛様と一緒に、我らに剣術と体術、さらに戦術を教えてくださっていました」

「谺一刀流を習ったのですか？」

寒九郎は大熊に向き直った。谺一刀流は、すでに封印が解かれているというのか？

「いえ、谺一刀流は習っていません」

大熊は静かに応えた。

習っていない？　本当なのか？

寒九郎は尋ねた。

「祖父は、どのような剣術をみなさんに教えているといっていましたか？」

「習っているのは体術です。剣術は鏡新明智流といっていました。それに先生が岩手山中で習った山岳剣法とかです」

「谺一刀流は習わなかったのですか？」

「習っていません。先生は谺一刀流は、いまは死んだ。思い出したくもない、とおっしゃっておられた。ですから、私たちも敢えてお聴きしませんでした」

「さようでしたか」

寒九郎は草間大介と顔を見合わせた。

「老師様がお帰りになるのはいつごろですか？」

「来年の春か夏でしょうか。年内は還らないとおっしゃってました。きっと皇子様のご都合があるからでしょう」

「皇子様のご都合というのは？」

「皇子様は、ツガル皇国の国創りをなさろうとして、ツガル各地を巡り、アラハバキ族の頭(かしら)たちと協議をなさっています。そのため、皇子様の下に集(つど)って結束し、十三湊を母港とする安東水軍を再建しようと、みんなを説得しています」

「安東水軍を再建する？」

「かつて、安東水軍は、琉球からさらに西の異国にまで足を伸ばした。北へは夷島を越えて、樺太や赤蝦夷の国々にも出かけて商売をした。それで、十三湊は栄えに栄えたのです。皇子はアラハバキの民のため、安東水軍を使ってツガル皇国を復興しようとしているのです」

「すると、祖父は、皇子について、その国創りのお手伝いをしているということですか？」

「お手伝いというよりも、ツガル皇国の発想は、老師様のお考えです。老師様は安日皇子様にツガル皇国を創ろうと説得なさったのです。老師様はそれが自分の長年の夢だとおっしゃっておられた」

　大熊は屈託のない笑みを顔に浮かべた。

寒九郎は考え込んだ。祖父が十二湖に戻って来るまで、待つわけにはいかない。江戸を発つ時から感じていたことなのだが、胸騒ぎがするのだ。早く祖父に会い、手紙を届けたい。何か危険が、自分や祖父に迫っているような気がしてならないのだ。

祖父には、いろいろ聴きたいことがある。なぜ、谺一刀流を封印したのかという疑問もあるが、それ以上に、祖父は祖母美雪（みゆき）を本当に斬ったのか、その真相も知りたかった。それから、ここ白神に来て、自分の軀にアラハバキの血が流れているのが分かったが、その血は祖父からだけのものなのか、祖母美雪の出自があらためて気になっていた。

「それがし、ここでゆっくりしていきたいのは山々なのですが、一刻も早く祖父に会って、父の手紙を渡したいのです。そうしないと、落ち着かない。今日にもここを出立して、十三湊に行こうと思っているのですが」

大熊は心底驚いた様子だった。

「今日の夕餉には、寒九郎様の故郷帰還をお祝いしようと、村の女たちが腕によりをかけてご馳走を作っています。せめて、今夜一晩はゆっくりなさり、明日お発ちになったらいかがでしょうか？　村人たちも喜ぶと思いますが」

「寒九郎様、そうしましょう。楓もブチも、ゆっくり休ませないと」

「分かりました。村長（むらおさ）どの、いろいろとありがとうございます。それでは、一晩、村のかたがたのご好意に甘えさせていただきます」

寒九郎は大熊に頭を下げた。

周りで聞き耳を立てていた子どもたちが歓声をあげて、台の上を駆け回りはじめた。

寒九郎は草間大介と顔を見合わせて笑った。

四

寒九郎と草間大介は大熊家に招かれ、女房や家族と対面した。大熊は女房との間に、子どもが六人もおり、祖父母夫婦も同居した大家族だった。

家は森の中に建てられた堂々たる館だった。家族が住む母屋と廊下で繋がった離れがある。離れの部屋は広くて居心地がよかった。離れには祖父谺仙之助も、しばしば滞在したとのことだった。

寒九郎と草間大介は久しぶりにゆっくりと風呂に浸かり、汗と疲れを流した。家に帰ったようにくつろいだ気分になった。村の女たちがあれこれと世話をしてくれて、寒九郎は下にも置かぬ饗し（もてなし）を受けた。

客間での宴会が始まった。寒九郎の席にはつぎからつぎに、祖父谺仙之助にお世話になったという人たちが挨拶に来た。彼らは寒九郎が谺仙之助の孫だと聞いて、少しでも恩返しをしようとやって来た人たちだった。

寒九郎は濁り酒を勧められ、それに応対するうちに、だいぶ深酒をしてしまった。宴会が引け、寒九郎は奥の部屋に敷かれた布団に横たわった。たちまちに眠りについてしまった。

深夜、突然寒九郎は男の怒声に叩き起こされた。

「小僧、起きろ。だらしない。酒に酔って潰れるとは、なんという体たらくだ。小僧も小僧、まだまだ寝小便たれの餓鬼だな」

枕元に蓑笠を着込んだ、いつもの大男、名無しの権兵衛が胡坐をかいて座っていた。薄暗がりの中で、寒九郎を嘲笑っていた。

「腑抜け小僧、やっと故郷に戻って来たというのに、なんてざまだ。小僧には酒を食らって寝ている暇なんぞなかろうが。おまえには、やるべきことがたくさんある。それを忘れて、たわけ者め」

「うるさい。黙れ。隣で寝ている草間が起きてしまうだろう」

寒九郎は隣の布団で、鼾をかいている草間大介に目をやった。草間は、江戸を発って以来のかなりな強行軍の旅で、すっかり疲れ果て、前後不覚な深い眠りについていた。多少のことでは目を覚ますこともなさそうだった。それをいいことに、俺を怒鳴りつけることはない。

「小僧、せっかく、こちらに戻ったというのに、両親の墓もお参りせずに、十三湊に逃げようというのか。情けない小僧だ」

「それがし、逃げているわけではない。父上の手紙を、祖父上に届けたいから、十三湊へ行くんだ」

「ようそんなことがいえたな、腰抜け小僧め。おぬし、父上と母上が、どんな最期を遂げたかも調べずに、祖父(じい)さんの許(もと)に逃げてどうするのだ？」

「それがし、逃げてはいない」

「笑止笑止。祖父さんから、父上、母上の最期を聞かれても、小僧は嘘を並べて、ごまかそうというのだろうが。それで祖父さんが喜ぶと思うか」

「…………」

「小僧、いったい、父上、母上に何があったのか、逃げずに向き合え。過去から逃げるな。逃げれば、ますます苦しくなるだけだぞ」

「…………」

「父上も母上も、おぬしにどんな思いを託して死んでいったのか、少しも考えたことはないのか？　逃げる口実ばかり考えおって、情けない。なんといういくじなしの卑怯者か」

「それがし、卑怯者ではない」

「よくそのようなことが申せるな。そろそろ命日が近付いている、というのに、知らぬふりか。故郷に戻っても、実家に寄らず、両親の墓に、花や線香の一本も手向けずに素通りして、祖父さんの下に逃げ込もうなんて、これ以上の恥知らずはおるまい。情けない。それがサムライの子か」

　大男は容赦なく寒九郎を責め立て、嘲笑った。

　そうか、まもなく父上母上のご命日なのか。それにも気付かず、供養も考えずにいた。己れは何という親不孝者なのだ！

　恥を知れ、恥を。

　寒九郎は本当に泣きたくなった。子どものように、大声を発して泣きたかった。泣けたら、どんなに楽になるだろう？

「寒九郎様。可哀相な寒九郎様」

　ふと幸の声が聞こえた。

枕元にいた大男が消え、幸のか細い影が座っていた。

「幸、どうして、ここに」

いいながら、これは夢だ、と寒九郎は思った。さっきまでの大男も夢だ。

「寒九郎様、お労しい……」

幸は目にいっぱい涙を溜めて、寒九郎を見つめていた。

「幸、分かった。それがし、しっかりする。幸にふさわしい男になる。逃げない。名無しの権兵衛に馬鹿にされぬような大人の男になる」

「幸は、あなた様に逢いとうございます」

幸は両手を揃えて前に出し、島田髷の頭を深々と下げた。幸の影がだんだん薄くなっていく。

「それがしも、幸に逢いたい」

「寒九郎様……」

幸は顔を上げた。幸の顔は涙に曇っていた。その顔も透き通りはじめていた。

「待て、幸。行くな、幸」

寒九郎は思わず、幸に手を差し伸べた。

手は届かなかった。

幸は頭を下げたまま、暗がりに消えて行った。

「幸、行くな」

寒九郎は呟くようにいった。

幸の気配はなくなった。代わりに小鳥たちの囀りが聞こえた。あたりを見回した。離れの中だった。

隣の草間が寝返りを打った。

雨戸の外が白々と明るくなっていた。

五

朝から、空はからりと晴れ上がっていた。

寒九郎は湖に注ぎ込む小川で顔を洗った。ひんやりと冷たい雪解け水だった。冬の間、白神山地に積もりに積もった雪が、ブナの樹林に貯えられ、春に豊かな湧き水となって野山を潤すのだ。

その冷たい水を顔に浴びせながら、夢に出てきた大男から罵倒された言葉の意味を嚙み締めていた。

寒九郎は朝餉の膳に向かいながら、家主の大熊太郎佐にいった。

「それがし、陸路で行こうと思います」

「さようでござるか。では、安東水軍の船に乗るのは、つぎの機会にいたしましょうぞ」

大熊はにこやかにうなずいた。

昨夜、宴席で大熊は、いま十二湖の湊に停泊している北前船が明日にも湊を出て、陸奥湾の大湊（おおみなと）に向かう、途中、十三湊に寄って船荷を下ろす。その船に乗って行ってみてはどうか、といった。

停泊している北前船は、安東水軍が所有する船の一つで、船員はみな海のアラハバキの強者（つわもの）だ、船長（ふなおさ）がぜひ乗船してほしい、という申し出だった。昨夜は、寒九郎は酒を飲んだせいもあり、反対する草間を押し切り、一も二もなく乗船したい、と答えてしまった。

草間は、船酔いと船旅の危険を言い募った。

海は一見荒れていないように見えて、いざ船で海に乗り出すと、様相が変わる。少しの風でも、波が立ち、船は揺れに揺れる。

はじめて船に乗る寒九郎は、きっと酷（ひど）い船酔いになって苦しむだろう。遠路の旅ならばともかく、十里や二十里の旅ならば、陸路で行った方が早いし、船酔いもなくて安全だ、というのだった。

「そうですか。それは良かった。思い直していただけましたか」

草間は喜んだ。寒九郎は、そこで切り出した。

「十三湊へ行く途中、弘前（ひろさき）城下に立ち寄り、両親の墓参りをしたいのだが、いかがであろうか？」

草間大介の顔が急に曇った。

「それは、実に危険なことですぞ。藩は、寒九郎様を亡き者にしようと、江戸に盛んに刺客を送りました。その藩の城下に、わざわざ立ち寄るとは、飛んで火に入る夏の虫。たちまち御用の筋に捕まることになりましょう。それがしは反対でござる」

「灯台下（もと）暗しにならぬか。まさか追われている、それがしが弘前城下にのこのこと戻って来ることはあるまい、と思っているに相違ない。その虚を突くのだ」

「しかし……」

「それから、ぜひに、父上、母上の墓に参りたいのだ。出来れば、父上、母上の最期を見届けた御女中のお篠（しの）に会いたい。直接お篠に会って確かめたいのだ。誰が父上と母上を討ったのか、お篠が見たこと、聞いたことを聞きたいのだ」

「城下には、敵がうようよいます。我々と知ったら、すぐに御上に通報するでしょう」

「分かっている。それでも、祖父にお会いする前に、いま一度、この目で確かめておきたいのだ」

草間は腕組みをし、じっと宙を睨んでいた。やがて、草間はため息をつき、寒九郎を見た。

「分かりました。弘前に寄りましょう。おそらくご両親の墓は、鹿取家代々の墓がある菩提寺の神明寺（しんみょうじ）にございましょう」

「うむ。それがしも、そう思う」

「神明寺の住職の妙顕（みょうけん）殿は、信頼が出来る御方。いろいろお話も聞けるかと思います」

草間は愁眉（しゅうび）を開いた。寒九郎は草間にいった。

「おぬしの実家に寄らずともいいのか」

「それがしの実家は、いまも監視下にありましょう。父母は、それがしを死んだ者と思い、勘当してはおりますが、執念深い御上は疑っていましょう。城下では決して立ち寄ってはいけない、最も危険な場所でございましょう。立ち寄り無用にございます」

「実家にも寄れぬとは、お気の毒にのう」

それまで黙って聞いていた大熊が静かにいった。寒九郎も草間の心中を思い、黙ってお茶を啜った。

寒九郎と草間大介は、大熊をはじめとする十二湖村の人々に見送られ、櫓の許を出立した。

楓もブチも、旅の疲れを癒して、すっかり元気になっている。

源太も、大熊の館でゆっくり軀を休めたらしく、足取りも軽かった。

十二湖から弘前城下まで、およそ八里。平地ならば、難なく歩ける距離だが、白神山地は違う。山また山を越え、深い谷をいくつも渡らねばならない難所ばかりだった。

寒九郎たちは、源太の案内で、真東に近い岩木山を目差し、三つの溪谷を渡り、四つの山々を越えた。

岩木山の山麓に着いたのは、その日の夕方であった。岩木山は、夕陽の光を浴びて真っ赤に燃えていた。その夜は、岩木山の懐で野宿して、明日に備えた。

翌朝、寒九郎と草間は、源太と別れ、弘前城下を目差して、なだらかな稜線を下る坂道に馬を走らせた。

弘前城の天守閣と城下町が見えて来た時、さすがに寒九郎は緊張した。農地で出会う百姓農民は馬上の寒九郎や草間に、握る鍬の柄を止め頭を下げる。しかし、すぐに顔を上げるが見知らぬ侍だと見極め、また畑仕事に戻った。

城下町が近付くにつれ、子どものころ遊んだ空き地や小道に差しかかった、寒九郎は、その度に甘酸っぱい思い出に耽った。

やがて見覚えのある瓦屋根が見えて来た。森の中にひっそりと佇む神明寺だった。

寒九郎と草間は、人気もなく、ひっそりとした境内に馬を進めた。

本堂の前の庭を竹箒で掃除をしている小僧の姿があった。

寒九郎と草間は馬を下り、小僧に住職の妙顕様は、お元気か、と尋ねた。小僧は本堂を指差し、朝の勤行をしている、と告げた。

寒九郎は妙顕和尚とは勤行が終わった後にお会いすることにし、裏手にある墓地に回った。

井戸端で手桶に井戸水を汲んだ。大熊が用意してくれた線香を手に、鹿取家代々の墓地を探した。墓地は、昔のままだった。すぐに鹿取家の墓石が見つかった。

寒九郎は鹿取家の墓石に手桶の水をかけた。草間が火打ち石で集めた枯葉に火を付け、火を熾した。線香の先を焚火の炎に入れて、線香に火を付けた。

寒九郎は、墓石の背後に立てられた卒塔婆(そとば)を調べた。比較的に新しい卒塔婆が二枚あった。紛れもない父上鹿取真之助と、その妻菊恵の戒名が記されていた。

寒九郎は墓石に線香を捧げ、両手を合わせ、心の中で詫びた。

母上、父上を見捨てて、逃げてしまい、申し訳ありませぬ。名無しの権兵衛が指摘した言葉を寒九郎は思い出していた。卑怯者をお許しください。寒九郎は心の底から、両親の冥福を祈った。

傍らで草間も手を合わせていた。

線香の立てる青白い煙が静かに棚引いていた。

背後に人の気配を感じ、そっと振り向いた。

紫色の袈裟を着込んだ妙顕和尚が立っていた。

「和尚様、しばらくにございます。それがし、鹿取真之助の一子寒九郎にございます。父上と母上がお世話になり、ありがとうございます」

寒九郎は頭を和尚に下げた。草間も傍らで一緒に頭を下げていた。

和尚はうなずいた。

「小僧から聞きました。おぬしたちの風体(ふうてい)から、もしや、鹿取真之助様、菊恵様の縁者ではないか、と。まもなく三周忌のご命日が近付いておりましたからな」

「これまで一度も墓にも参っておらず、申し訳ありません」

寒九郎は、妙顕和尚にお詫びを申し上げた。

「いやいや、寒九郎、おぬしの苦境は存じておる。おぬしが故郷に戻れず、墓参りもなかなか出来ぬという事情は存じておる。お気になさるな。おぬしの代わりに、わしが御両親の供養は怠らずにやっておったからな」

「ありがとうございます」

寒九郎は妙顕和尚に心から感謝の言葉を告げ、頭を下げた。

「ところで、寒九郎、わしの寺も、間者(かんじゃ)の目が光っておる。命日には、きっとおぬしが現われる、と踏んでいるのだ。この墓も見張られている。だから、おぬしたちも、ここに長居は無用だ。わしに遠慮せず、早々に立ち去るがよかろう」

「はい。ご忠告、ありがとうございます」

「そうそう。ある縁者の方から、寒九郎殿が墓前に詣(もう)でるようなことがあったら、ぜひ、伝えてほしい、と頼まれておる」

「どなたでございましょう？」

「お篠殿だ。おぬしの母上に仕えていた、と申しておったが、そうであったか？」

寒九郎は草間大介と顔を見合わせた。

女中のお篠の話をしていたばかりだった。

「お篠殿は、いま、どちらにお住まいでござろうか?」

「弟と一緒に鍛冶町の長屋に住んでいるはず。お篠殿は軀を壊して、伏せっているかも知れぬ」

「ご病気ですか?」

「いや。お篠殿は最後まで逃げずに、鹿取真之助、菊恵様夫婦のお側にいて、お世話をしていたのを問われ、役人たちに捕まり、厳しく追及されたのだ。おぬし寒九郎をどこに隠したのか、とな」

「それがしの行方を追及されたのでござるか?」

「そうだ。お篠殿はいくら責め立てられても、知らぬ存ぜぬを貫いた。その折、あまり激しく責め立てられたため、子を産めぬ軀になった。いまでは許婚からも捨てられ、鍛冶職人の弟のところに身を寄せて、ひっそりと暮らしておる」

「……それがしを守るために」

寒九郎は、はじめて聞く話に頭を殴られるような衝撃を受けた。

妙顕和尚は首を傾げた。

「しかし、鍛冶町は、城下町の中でも、とりわけ武家屋敷町に近く、役人や岡っ引きがうろついている場所だ。そこへ馬で乗り付けては目立ち過ぎよう。役人も見慣れぬおぬしたちにすぐ気付く。馬はうちの寺に預けて行けばよかろう。ここから鍛冶町まで少しあるが、馬で行くよりは目立たぬはず」

寒九郎と草間は妙顕和尚のいうことを素直に聞くことにした。

「和尚様、ありがとうございます。そうさせていただきます」

二人は妙顕和尚に頭を下げた。

六

寒九郎と草間大介は、旅装姿のまま顔も隠さず、大股で寺街を歩き、続く職人の町に足を踏み入れた。職人の町は、大工、鳶（とび）職人、小物職人、簪（かんざし）職人など多岐にわたる職人が集まった通りだ。呉服商や卸（おろし）商などが集まる商人の町が近いので、人の出入りが多い。

だが、武家の姿はあまりない。寒九郎や草間大介の顔見知りと出会うことはほとんどない。

寒九郎と草間大介は、妙顕和尚から教えてもらった馬具専門の鍛冶屋を捜した。お篠の弟は馬蹄造り職人だった。

馬蹄専門の鍛冶職人は、そう多くはいない。何軒かの鍛冶屋に尋ねるうちに、お篠の弟の鉄五郎はすぐに見つかった。

「なにい、お篠に会いたいだと？」

鉄五郎は威勢のいい若衆だった。鉄五郎は、寒九郎を上から下までじろじろ眺めた。

「それがし、鹿取寒九郎と申す。以前、お篠殿には、うちで御女中として働いていただいていた」

「そうか。おめえさん、役人じゃあねえよな」

「うむ。役人ではない」

「役人だったら、ただじゃおかねえ。おれの姉貴をあんな目に遭わせたんだからな。ところで、何て名だっけ、おめえさんの名は？」

「鹿取寒九郎だ。お篠さんを見舞いに来たとお伝え願えまいか？」

「鹿取？　もしや、あのお取り潰しになった御武家さんの縁者かい？」

「まあそうだ」

寒九郎と草間大介は、鉄五郎の大声に、誰かに気付かれるのではないか、と冷や冷やしていた。

「まあ、そこで待ってな」

鉄五郎は着物の裾を尻っぱしょりした格好で、店の奥へ入った。まもなく奥から店先に戻って来ると、

「入んねえ。姉ちゃんが奥の長屋で待ってらあ。左手の二番目の長屋だ」

鉄五郎は裏の長屋への道を開けた。

寒九郎と草間大介は、店の奥へ行った。奥には裏口があり、そこから長屋の路地に入るようになっている。

路地を挟んで、長屋の出入口が向かい合って並んでいた。その左手の二番目の油障子戸が半ば開いていた。

寒九郎が油障子戸に手をかけようとした。

「ごめんください。こちらに……」

終(しま)いまでいわないうちに、中から引き戸ががらりと開けられ、髪を振り乱した女が顔を出した。

「寒九郎坊っちゃん」

女は急に泣き出し、寒九郎にすがりついた。

「お篠さん」

たしかに見覚えのある顔だった。

いつも母菊恵の傍にいて、子どもの寒九郎の面倒を見てくれていた御女中だった。

だが、いまは見る影もないほど痩せ細り、暗い顔をしている。

「坊っちゃん、ご無事でしたか。よかった、よかった」

「お篠さん、ご迷惑をかけました。申し訳ありませぬ」

「何をおっしゃります。坊っちゃんが、こんなにご立派になられて、もし、菊恵様が生きておられたら、どんなにお喜びになられることか」

お篠は袖で顔を覆った。しばらく寒九郎の腕の中でお篠はじっと顔を伏せていた。嗚咽がしきりに洩れて来る。お篠は子どものように泣きじゃくっていた。

お篠の軀はか細く、頼りなかった。足で立っているのも難儀な様子だった。

「お篠さん、中へ入ろう」

寒九郎は草間に目配せし、お篠を抱えながら、長屋に入った。草間が油障子戸を閉め、外を窺うように立った。

長屋の中は、饐えた病人臭い空気でいっぱいだった。汚れた畳の上に、薄くて平たい万年床が敷かれていた。

寒九郎はお篠を万年床に横たえた。

「お篠さん、楽にして」

「坊っちゃん、お願いです。お篠と呼び捨てにしてくださいな」

「お篠、では、それがしのことも、坊っちゃんと呼ばないでほしい」

「はい、坊っ……寒九郎様」

寒九郎はお篠の枕辺に正座した。

「今日、突然にお訪ねしたのは、父上、母上が襲われた時のことを聞きたかったからだ」

お篠はじっと寒九郎を見上げていた。

「あの時、何があったのか、教えてほしいのだ」

「はい、寒九郎様、お話しします」

お篠は遠くを見る目をした。

「あれは、夕方近くのことでした。お父さまの部下の四釜(しかま)様が急を知らせて来たのです。逃げてください、と。だけど、お父さまは、御覚悟していたらしく、お付きの草間様に、寒九郎坊っちゃんを連れて逃げろとお命じになった」

お篠は草間大介に目をやり、うなずいた。草間大介もうなずき返した。

「寒九郎坊ちゃんは嫌がって泣いていました。お母さまにすがって。お母さまは、逃げて生きるのよ、と寒九郎坊っちゃんを諭していました。必ず後からお母さまもお父さまも行くから、草間大介様と逃げて、と」

「…………」

寒九郎は母上と父上の最期に思いを馳せた。

「お母さまは、私にも出て行って、寒九郎様を助けてとお命じになった。お母さまは覚悟なさったお顔で、お父さまと最期までご一緒します、あなたは草間様と一緒に逃げて、寒九郎様を助けて、と。それで、やむなく、私も逃げ出そうとしたところ、襲ってきたサムライたちに捕まってしまった」

「…………」

「お父さまを取り囲んだサムライたちは、刀を突き付け、鹆仙之助はどこにおる、と怒鳴っていました」

「祖父はどこにいるか、とですか？」

「はい。私はサムライたちに捕まっていて、逃げられないので、一部始終を見聞きしていたのです」

「父上は、何と応えたのですか？」

「お父さまは、いきなり刀を抜き、尋問していたサムライを斬り上げました。続いて刀を返し、横にいた人の喉元も斬り払ったのです。そうしたら、逆上した男たちは、お父さまに一斉に斬りかかった。それでもお父さまは、刀を振るい、男たちと斬り合った」

「…………」

「でも、多勢に無勢、お父さまは刺客たちの頭に胸を刺突され、止どめをされたのです」

寒九郎は目の奥で父上が刺客たちと斬り合う姿を想像した。

「お母さまはお父さまの名を絶叫し、刺客たちに懐剣を抜いて突きかかった。お父さまを斬った相手に懐剣を突き入れようとしたのです。お母さまは、そこで背後から斬り下ろされた。お母さまは倒れたお父さまの傍らににじり寄り、己れの喉に懐剣を突き刺し、自ら命を断ったのです」

「…………」

「お父さまもお母さまも、ご立派な最期でございました」

お篠はふーっとため息を洩らした。

寒九郎は父と母の無念を思った。

おのれ、刺客ども。

寒九郎は怒りを抑えて、お篠に尋ねた。

「いったい誰が、父上や母上を襲ったというのか？」

「暗かったので顔ははっきりとは分からなかったのですが、刺客のほとんどは津軽藩士ではなかったと思います」

「津軽藩士ではないというのか？」

「はい。ただ一人分かっている藩士はいました。刺客を指揮していた方です」

「名前は？」

「桑田一之進（くわたかずのしん）です。陰に隠れておられたけれども、あの声は間違いなく中老の桑田一之進」

寒九郎ははっと思い当たった。

桑田一之進は藩校で机を並べたことがある桑田竜之輔（りゅうのすけ）の父親ではないか。

桑田竜之輔は、寒九郎が供侍として武田作之介を護衛していた時、襲ってきた刺客の一人で、初めて斬った男だった。

父上は、寒九郎の幼なじみの一人として、桑田竜之輔のことを知っていた。桑田竜之輔が寒九郎を襲う刺客になったのは、父の桑田一之進が、寒九郎の父鹿取真之助を殺す指揮者だったと知って、わざわざ寒九郎に斬られるために来たのではなかろうか？　きっとそうに違いない。

寒九郎は、あまりの悍ましさに、心が冷えた。

「寒九郎様、これで終わりではありませんよ。お父さま、お母さまを殺めた刺客たちはのうのうと生き延びているのですから」

「うむ」

「いつか、中老の桑田一之進を問い質してください。きっと、どうして、お父さまやお母さまが命を狙われたのか、教えてくれると思います」

「分かった。お篠さん、ありがとう。おかげで、父上と母上の最期がよく分かった」

「寒九郎様、きっときっと、お父さま、お母さまの仇を討ってください。お父さまもお母さまも、天上でそれを願っているはずですから」

お篠は圧し殺した声でいった。

「うむ。必ず仇を討つ」

「これで安心して、あの世に行けます。寒九郎坊っちゃんに、このことを告げるために、私は生き続けて来たのですから。そうでないと、あの世で奥様、旦那様にお会いすることが出来ませんものね」

お篠は痩せ細った手を寒九郎に伸ばした。

寒九郎はお篠の手を握った。お篠の手は骨と皮ばかりになっていた。

もう長くはない、と寒九郎は思った。

お篠は呟くようにいった。

「疲れました。少し休みます」

「うむ。お篠さん、ゆっくり眠ってくれ」

お篠は目を閉じた。寒九郎の手を握ったお篠の手から力が抜けて行くのを感じた。

お篠は深い深い吐息をついた。

第三章　津軽の闇の抗争

一

寒九郎は草間大介に出ようと促した。

病状は分からない。だが、このままでは、お篠の命はそう長くはないと感じた。せめて、いい蘭医に診せ、いい薬を処方してもらえば生き長らえるかも知れない。

寒九郎は沈んだ気持ちを抱きながら、草間と一緒に鍛冶屋の店に戻った。店では、鉄五郎が真っ赤に焼けた鉄の塊を金床に載せ、金槌で打ち据えていた。

鉄五郎は寒九郎たちに気付いて顔を上げた。

「姉貴、起きてましたか」

「いまお篠殿は寝入っている。お目覚めになったら、寒九郎がくれぐれもお体を大事になさるように願っているとお伝えください。この金子で、お篠殿をいい医者に診せてください。お篠殿には滋養のあるおいしいものをたくさん食べて、元気を取り戻していただき、一日でも長生きしていただきたい」

寒九郎は鉄五郎に懐紙に包んだ金子十両を渡した。万が一のために残しておいた路銀だが、お篠のためなら惜しくはない。

「と、とんでもない。こんなにたくさんのお金を頂くわけには……」

鉄五郎は受け取るわけにいかないと固辞していたが、寒九郎は無理やり押しつけるようにして鉄五郎の手に握らせた。

「お篠殿には、それがしだけでなく、生前の父や母もたいへんお世話になりました。それだけでなく、それがしを守ろうとして敵に捕まり、酷い目に遭わされた。本当に申し訳ない。これがいまのそれがしに出来るせめてもお詫びです。ぜひ、受け取ってください。お願いいたす」

「そうですかい。ほんとにいいんですかい？」

鉄五郎は頭に鉢巻きしていた手拭いをさっと取ると、何度も寒九郎に頭を下げ、お礼をいった。

寒九郎と草間が鍛冶屋を出ても、鉄五郎は店の前に立ち、いつまでも見送っていた。

鍛冶町の通りを出て、呉服屋や小物屋の店が並ぶ商店街に入った。かつて、母菊恵やお篠に連れられて歩いた通りだ。

寒九郎は、ゆっくりと通りを歩いた。

商店街は大勢の買物客が往き交っていた。武家の奥方や御女中、商家の婦女子だった。行商人や町人の男たちの姿もある。中間(ちゅうげん)小者を従えた武士の姿もあったが、旅姿の寒九郎たちには無関心だった。町の各所にある番屋の番人も、まったくといっていいほど、寒九郎たちを不審な目で見ることはなかった。

寒九郎は拍子抜けしていた。二人とも、こそこそせず、堂々としているので、かえって目立たぬらしい。

草間大介が小声でいった。

「寒九郎様、そろそろ神明寺に戻りませんと」

「うむ。だが、どうしても、実家に立ち寄ってみたい」

寒九郎は、お篠から両親の最期の様子を聞き、どうしても実家に立ち寄ってみたくなった。いまも、あの家は当主がいなくなっても、空き家になって残っているのだろうか？　それとも藩に没収され、誰かが新たな当主となって住み着いているのだろうか？

実家だった家には、母上や父上、それからたくさんの思い出が残っている。

もし、家に立ち寄れなくても、遠くからでも家を見てみたい。家を見て、はっきりと過去との区切りをつけたい。寒九郎は切にそう思うのだった。

街並越しに聳えている弘前城の天守閣を見た。かつては親しみのあった城が、いまは寒九郎を激しく拒絶しているようにも見える。

「本当に危険でございますよ。きっと誰かに見張られているでしょう」

寒九郎の実家は、武家屋敷街にある。武家屋敷街に近付くだけでも危険だった。

「分かっている。通りすがりに、ちらりと家や庭を見るだけでいい」

「もし、誰かに見られたら、役人に通報されます」

「構わぬ。その時はその時だ」

寒九郎はやや自棄になっていった。

自分たちは何か悪いことをして逃げたのではない。なぜ、父上や母上は殺され、その上、自分もまた藩から刺客を送られるのか？　自分たちは、藩に都合が悪い、何をやったというのか？　寒九郎はすべてに納得がいかなかった。

「分かりました。行きましょう」

草間は覚悟を決めた顔でいった。

「ただし、ちょっとお待ちを」

草間は商店街の雑貨屋に入って行った。やがて、釣り竿二振りと魚籠を手にして戻って来た。

「釣り竿を担いで歩けば、多少は人の目をごまかせます」

草間は釣り竿を一振り寒九郎に渡した。

藩では侍の暇つぶしに、囲碁将棋よりも、川釣りを奨励していた。少しでも山野を歩き足腰を鍛えよという理屈からだ。

寒九郎は魚籠を腰に下げ、釣り竿を肩に担いだ。草間も同じ格好をする。

寒九郎は草間と肩を並べて通りを歩き出した。腰で魚籠がかたかたと音を立てる。子どものころ、よく仲間たちと岩木川に釣りに行った。大人たちに混じり、川で一日中釣りに興じたものだった。

商店街は終わり、やがて両側に築地塀や頑丈な板塀が続く武家屋敷街になった。通りは築地塀に突き当たって左へ直角に折れている。築地塀に沿って、そのまま進むと、次の通りは右手に直角に折れるように曲がっている。

城下町に攻め込んだ敵の軍勢が、真直ぐ城に進めない工夫だ。

通りは深い堀端に出た。その堀沿いの道を進めば、堀に架けた赤い木橋に到る。木橋を渡った先に大手門が見えた。

大手門には、番人たちが六尺棒を手に見張りに立っていた。遠目にも知らない顔の門番たちだった。

藩校は城内にある。寒九郎が仲間と連れ立って、藩校に通っていたころは、必ずこの大手門を通った。毎日のことなので、門番たちとは顔馴染みになった。

寒九郎は門番たちをそれとなく眺めた。若い番人たちで顔見知りではなかった。藩を出て、三年も経っていないのに、顔触れが替わっている。

寒九郎が通っていたころは、門番の大半は年寄の中間だった。寒い雪の日の帰りには、寒九郎たちは、たいてい番小屋に立ち寄った。火鉢にあたって凍えた手足を温めるためだ。老門番たちは優しく、時には火鉢の灰に隠してる焼き芋を取り出し、寒九郎や仲間たちに分けてくれた。寒九郎たちは、ほくほくしながら熱い芋を齧ったものだった。

寒九郎は木橋の前を通り過ぎ、お堀沿いの道を歩んだ。門番たちは、釣り竿を担いでのんびり歩く寒九郎と草間を見ても、まったく無関心だった。普段、見馴れた光景だったからだろう。

大手門の木橋の前を通り過ぎ、武家屋敷が建ち並ぶ通りに入った。

筆頭家老や次席家老は城内に屋敷があるが、そのほかの家老や中老、年寄、大目付、勘定奉行、物頭（ものがしら）、用人、番頭（ばんがしら）など藩の要路たちが住む上屋敷町（かみやしきまち）である。

「のんびり行きましょう」

草間がささやいた。寒九郎はうなずいた。

上屋敷町の通りは人気（ひとけ）がなく、あっても買物に出掛ける奥方様や御供の御女中、下男ぐらいで、ほかには勝手口に注文取りに来ている小商人（こあきんど）、物売りの行商人の姿ぐらいだった。

あまりきょろきょろとあたりを見回していたら挙動不審者として疑われる。大胆に行動していれば、逆に疑われない、と腹を括（くく）った。

寒九郎は元服をして以来、ずいぶんと背丈も伸びた。前髪も剃り落とし、だいぶ大人びた顔なったという自負もある。

寒九郎と草間は歩調を落とした。草間は顔こそ動かさないものの、全身を目や耳にして警戒している。

寒九郎の父真之助は物頭の要職についていたので、家も上屋敷町にあった。上屋敷町でも、奥まった外（はず）れで、すぐ隣は寺町で、たくさんの寺院が建ち並んでいた。

上屋敷町の通りは、以前とほとんど変わりはない。罅（ひび）が入った築地塀はそのままだし、辻の古ぼけた番屋も以前のままだ。番屋にいるはずの番人はすることもないので、昼寝をしている。

家老たち重職の屋敷の長屋門は、いずれも門扉が堅く閉じられていた。物見窓の障子戸も閉じられたままで、門番が外を窺っている気配はない。邸内は静まり返っていた。屋敷の主たちは家来ともども、登城しているからだ。

それでも家中の者が潜り戸を開けて外に出て来て、万が一にも寒九郎たちを見咎める怖れもあった。寒九郎も草間も、何があってもあわてずに、と目でうなずき合った。

ようやく上屋敷町の通りが終わりに近付き、寺町の寺院の甍が見えはじめた。

通りの右手に懐かしい実家の門構えが見えて来た。

寒九郎は駆け出したくなった。草間がそっとささやいた。

「何をご覧になられても、驚きなされませぬように」

寒九郎は黙ってうなずいた。

通りには人影がない。いよいよ我が家の長屋門に差しかかった。門には、太い竹竿が二本、真ん中で交差するように打ち付けられてあった。閉門蟄居の沙汰がなされたまま、訪ねる者を堅く拒んでいた。

屋敷は、ほぼ昔のままだった。だが、塀から見える庭は手入れもされず、荒れ放題だった。背丈の高い草が生え、築山の灯籠は倒れていた。ただ山桜が満開の花を付けていた。

鴉の鳴き騒ぐ声が響いた。瓦屋根の上を鴉が数羽歩いていた。

この屋敷の中で、父上も母上も亡くなられたのだ。そう思うと、寒九郎は門前で手を合わせざるを得なかった。合掌し、心の中で父上と母上にお詫びをいった。二人を討った者たちへの復讐を誓った。とりわけ刺客たちを率いていた中老の桑田一之進を討つ、ともあらためて心に誓うのだった。

「行きましょう。人が来ます」

草間に促され、寒九郎は涙を堪えて、門前を離れた。

隣の屋敷の門の引き戸から人が出て来た。

隣は勘定奉行の相馬慶司郎の屋敷で、息子の楢之進は幼なじみだった。

寒九郎たちが数歩歩んだところで、背後から声がかかった。

「寒九郎、もしや、寒九郎じゃないのか？」

相馬楢之進の声だった。草間が寒九郎の腕を掴み、無視して行こうと促した。寒九郎は振り向いた。

「寒九郎！　よう帰って参った」

相馬楢之進が寒九郎に駆け寄った。楢之進も前髪がなく、大人の顔になっていた。

「楢之進、元気か」

寒九郎は楢之進と抱き合うようにして顔を見合った。

「元気元気。寒九郎、おまえの方こそ、よくぞ無事で戻ったな。もしや……」

楢之進は言葉を切った。刀の柄に手をかけている草間に気付いた。

「草間、大丈夫だ。楢之進は、それがしの親友」

「うむ。だが、こんな通りで立ち話をしていたら危ない。積もる話がある。ともかくも、家に入れ」

「いいのか？」

「いいに決まっているだろう？　それがしとおぬしの仲は、どんなことがあっても変わらぬぞ」

楢之進は門番に引き戸を開けさせた。寒九郎と草間を門内に押し込むように入れた。

二

寒九郎と草間は楢之進に促されて、玄関の式台から家に上がった。

「若様、いかがなされました」

年配の若党が驚いた顔で廊下に現われた。若党は寒九郎と草間大介を見て、すぐにすべてを悟った様子だった。

楢之進は若党の年配者にいった。

「誰か使いを出してくれ。それがしは、急な用事が出来たので、少しばかり遅れると、な」

「畏(かしこ)まりました」

「それから客間にお茶を頼む」

「畏まりました。どうぞ、中へ」

若党は寒九郎と草間にうなずき、中へ案内した。

「ちょうど、登城するところだった。ちょっと父上から頼まれたことがあったので、ぐずぐずしていたところだ」

楢之進は客間に入ると、きちんと正座し、真面目な顔でいった。

「おぬしの父上母上が亡くなったことに衷心(ちゅうしん)からお悔やみを申し上げる。どうか、気を落とされぬよう」

「ありがとう」

寒九郎は楢之進のお悔やみに礼をいった。草間も神妙な顔で楢之進に頭を下げた。

「ご両親が非業(ひごう)の最期を遂げられ、寒九郎もさぞ、口惜しい思いなのだろうな。それがしも、鹿取真之助様や御母堂(ごぼどう)の菊恵様に、いろいろ優しくしていただいたので、とても他人事(ひとごと)とは思えなかった。なのにおぬしを助けることも出来ず、友人として何もしてあげられなかった。本当に申し訳ない。どうか、許してくれ」

「楢之進、許すも許さぬもない。おぬしの気遣い、本当にありがとう。感謝の言葉もない」

「ところで堅苦しいのはやめよう。二人とも膝を崩してくれ。それがしも胡坐をかく」

楢之進は客間にどっかりと胡坐をかいた。以前よりも、楢之進はだいぶ太っていた。寒九郎と草間も勧められるままに、膝を崩し、楢之進と相対する格好で胡坐をかいた。

寒九郎は笑いながら楢之進の太った軀を眺めた。

「楢之進、おぬし、いま何の役についているのだ」

「おれか？　勘定方の見習いをやらされておる。毎日、机に座って算盤(そろばん)を弾いているんだ。軀をほとんど動かさず、食うだけが楽しみだから太るばかりだ」

　楢之進はため息をついた。廊下に足音がして、若党自らがお茶を盆に載せて運んで来た。ほかの使用人を使ってはまずいと判断したのだろう。若党は三人の前にお茶の入った茶碗を置くと、静かに引き上げて行った。

「おれのことより、寒九郎、おまえのことだ。おれは心配していたぞ。おれの耳に入ってくる話は、ろくなものがなかった。おぬしへの刺客として、誰それが送られたの、誰が返り討ちになったの、とか、おぬしが死んだらしい、とか、話が錯綜して、何が何やら分からなくなっている」

「真実は一つ。ほれ、俺は無事、こうして生きている」

「そうだよな。驚いたよ。おれは、おぬしを見た時、もしや幽霊かと思った。真昼間に、おまえの幽霊が出るのか、とな。それも釣り竿を持った寒九郎の幽霊だからな」

　楢之進と寒九郎は笑い合った。

「ところで、楢之進、聞かせてくれ。父上母上が、なぜ突然に襲われたのか、それがしには分からない。いったい、何があったのか、おぬしなら存じておろう。ぜひに、教えてくれ」

「それがしにも分からぬことがある。いろいろなことがたくさんあって、何から話したらいいものか」

檜之進は腕組みをし、考え込んだ。寒九郎は、襲った刺客たちが津軽藩士ではなく、余所者だったという話を出した。

「うちの女中だったお篠によれば、刺客たちを率いていたのは、中老の桑田一之進だといっていた。桑田竜之輔の親父だ」

「そうか。それは重大な証言だな。桑田一之進殿は次席家老大道寺派の重鎮だ。まさか、桑田一之進が指揮しておったとはな。お父上たちを襲った刺客たちは江戸から派遣された侍たちだということは分かっていた。だが、誰が指揮を執っていたのかは、知られていない」

「いま、その江戸の刺客たちはまだ津軽におるのか？」

「うむ。大道寺為秀の屋敷に大きな顔をして出入りしている」

「おのれ」

寒九郎は草間と顔を見合わせた。草間はうなずいた。

「寒九郎、早まるな。やつらはいずれも腕利きの剣士たちらしい」

「なぜ、それがしの父上たちが襲われたのだ？」

「そうか。知らないか。筆頭家老津軽親高と次席家老大道寺為秀が手を組み、江戸幕府の支援を受け、若手家老の杉山寅之助様の追い落としを謀ったらしいのだ。あの日、大道寺の部下たちが、江戸の連中と一緒に、一斉に杉山派の家臣たちを襲い、主人を屋敷に軟禁した」

「おぬしのところもか？」

「おれの親父は杉山寅之助様と懇意にはしていたが、筆頭家老津軽親高様直々の部下ということで、襲撃からは免れた。おぬしには申し訳ないが」

　楢之進は頭を振った。寒九郎はいった。

「どうして、突然に筆頭家老と次席家老が結託し、改革派潰しに走ったのだ？」

「うむ。そのあたりが込み入っていて、それがしもよく分からない」

「御上は、筆頭家老と次席家老の改革派潰しをお認めになったのか？」

「そこだ、寒九郎。御上も寝耳に水だったらしく、烈火のごとく怒ったらしい。それがしが見たわけではないが、御上は筆頭家老と次席家老を呼び付けて罵倒したそうだ。即刻、側近の馬廻り組や先手組を召集し、杉山寅之助様の屋敷に駆け付けさせたそうだ。そこで屋敷を占拠していた江戸の連中たちを屋敷から追い出し、杉山寅之助様をお助けした」

「では、杉山寅之助様はご無事だったのだな？」

「うむ。しかし、かなりの深手を受けた。一時は再起不能か、と思われたが、どうにか回復なさった。三年経ったいま、まだ後遺症に悩まされ、屋敷での療養を余儀なくされている」

寒九郎は唸った。

「御家老職は、お続けなのか？」

「御上が引き留めたのだが、杉山様は勇退なされ、家老職もお辞めになった」

「では、杉山派は壊滅ということか？」

「いや。御上は、杉山派の若手安倍主馬様を抜擢して、新しい家老に就けた」

安倍主馬？　耳にしたことがある名前だった。父上のところによく訪れていた中堅の幹部だったように思った。

「安倍主馬様は、中老の安倍一心様のご子息だ。おぬしのお父上とも意見を同じくしていた、と聞いた」

寒九郎はうなずいた。

「それで、筆頭家老津軽親高や次席家老大道寺為秀に、御上のお咎めはあったのだろうな」

「それが、ほとんどお咎めはなしだ」

「そんな馬鹿な。なぜ、お咎めがないのだ？」

「筆頭家老津軽親高殿は、殿の父方にあたる。殿としても処分は出しにくい。だが、監督不行き届きということで、百石ほど減禄され、さらに一月ほどの謹慎処分になった。だが、筆頭家老職はそのままだ」

「なに、そんな軽い処分なのか。何人もの死傷者が出たというのに」

「筆頭家老は杉山寅之助様を失脚させることには賛成したが、大道寺為秀がまさか、刺客を放って、杉山派を壊滅させよう、ということまでは同意していなかったと弁明したらしい」

「言い訳がましいな。すると、そもそもは、次席家老大道寺為秀の策謀ということなのか？」

「だが、ことはそう簡単ではないらしい。大道寺の裏に、もう一枚裏の事情があるらしいのだ」

「裏の事情だと？」

寒九郎は訝った。楢之進はあたりに人がいないのを確かめてからいった。

「つまり、事変を起こしたのは大道寺為秀殿だけの考えではなく、後ろにある幕閣が黒幕としていたというのだ」

「なんだって？　幕閣が策動した？　誰だ、その幕閣とは？」

「親父から聞いた話では、松平定信様だと聞いた」

「なぜ、松平定信が大道寺為秀を支援したのかな？」

「それは分からん。ともあれ、大道寺為秀は、江戸に加勢を求めたらしい。藩内では、杉山派の力が強く、大道寺為秀派だけでは杉山派を潰せないと判断したのだろう。それで大道寺派には、江戸から大挙加勢があった。津軽藩士ではない者が多数刺客としてやって来て、彼らがおぬしのお父上たちを襲ったらしい」

「おのれ、なんということだ」

寒九郎は呻いた。

津軽藩の内紛には、幕府が絡んでいたとは、信じられない思いだった。

「それで、杉山派は、いまどうなっている？」

「物頭だったおぬしの父上鹿取真之助様をはじめ、主だった幹部が殺された」

「誰だ？」

「杉山様の腹心で、中老の安倍一心様、郡奉行の桜井様、組頭の増田様が斬殺された。ほかにも、六、七人斬られて重傷を負った。いまは復帰なさっておられるが」

「残っている杉山派の幹部は？」

「筆頭は安倍一心様の息子安倍主馬様、新郡奉行の鴨島様……そんなところだ」

「我らが知っている人では？」

「海川奉行の遊佐元内様は存じておろう？」

「うむ。遊佐元輝の親父だろう？」

「遊佐元内様は、地方にいて助かった。いまも藩政改革を主張なさっている」

遊佐元輝は藩校で一緒に講義を受けたことがある。それほど親しくはなかったが、仲が悪いことはない。

「いま遊佐元輝は何をしている？」

「親父の下で海川方役人をしている。いまも親父と行動をともにしているはずだ」

寒九郎は腕組みをし、考え込んだ。

「なぜ、幕府は次席家老の大道寺為秀に、杉山派潰しをやらせたのだ？」

「それが、よく分からないのだ。それに、もう一つ分からぬことがある。幕府が大道寺に指図してやったということでもないようなのだ」

「なんだって？　どういうことだ？」

「幕府も上は派閥の対立があるらしい。松平定信様は、その一方の派閥を率いる長で、もう一方の派閥と権力争いをしているらしいのだ」

「もう一つの派閥？　何だそれは？」

「老中田沼意次様の派だ」

楢之進はにやっと笑った。

「な、聞けば聞く程、複雑怪奇だろう？　それだけではない。まだ裏の事情があるのだ」

「まだ裏があるというのか？」

寒九郎は呆れた。楢之進は声をひそめた。

「それがし、勘定方をしておるだろう？　藩の財政を見ていると、帳簿外に不思議な金の流れがあるのだ。幕府の要路からの金の流入が二つも三つもある。それが、ある流れは津軽親高様や大道寺に、また別の流れが、なんと杉山様にもあったんだ」

「どういうことだ？」

「それで親父も目を白黒させていた。藩が与り知らぬ簿外帳簿があると分かったのだ。それも大道寺派、杉山派の両派にある。もちろん、筆頭家老の津軽親高様にもある。奇々怪々なのは、なんと御上も、ある程度、そのことは存じておられて、黙認しておられる。つまり、以前から、津軽親高様、大道寺派と杉山派、三者三様、それぞれ幕府のある筋の偉いさんからカネを受け取り、それも大金を受け取って何事かを画策していたのだ」

「そうだ。こういっては何だが、おぬしのお父上も、生前、そのことはご存じだったはず。いかが思う？　草間殿は？」

草間は思わぬ時に話を振られ、困惑した顔になった。

「それがし、鹿取真之助様にお仕えしておりましたが、お金のことは気付きませんでした」

寒九郎が尋ねた。

「何か思い当たることもなかった？」

草間は腕組みして考え込んだ。

「そうですな。鹿取真之助様を訪ねておいでになる方に幕府の使いらしい人はおられましたが、それが誰の使いだったかは分かりません」

寒九郎は楢之進に向き直った。

「楢之進、杉山寅之助様は幕府のどの筋からカネを受け取っていたのだ？」

「杉山派は、老中の田沼意次様から支援を受けていたらしいのだ」

「なるほど」

寒九郎は唸った。

老中田沼意次が将軍様の寵愛を受け、幕政を牛耳(ぎゅうじ)っているのは寒九郎も知っていた。そして、田沼意次の政治を快く思わぬ幕閣たちが幕府内にいるのも薄々聞いていた。その急先鋒が幕閣松平定信であり、大目付の松平貞親だとも聞いていた。

幕府内部の争いが、津軽藩の内部の抗争にまで及んでいるというのか？

寒九郎は楢之進に訊いた。

「老中田沼様の意を受け、杉山派は、いったい何をしようとしていたのだろうか？」

「それは、おぬしのお父上鹿取真之助様たちが推し進めていたことだ。親父にいわせると、実は杉山様も藩政改革を口実にして、筆頭家老津軽親高様、次席家老大道寺為秀を追い落とし、藩の実権を握ろうとしていた。杉山派の若手過激派は、大道寺為秀を討とうと画策していた。大道寺派を壊滅させれば、筆頭家老の津軽親高様は事実上、実権を失う。だから、それを知った大道寺派が、先手を打って、杉山派を襲撃した。遅かれ早かれ、両派の激突は避けられなかったというのが、親父の見方だ。それがしも、そう思う。おぬしのお父上母上には気の毒だったが」

楢之進は頭を振った。

「いま一つ分からない。田沼様は、なぜ、杉山派を使って、津軽藩の乗っ取りを謀(はか)ったのだろうか？」

「それは分からぬ。親父にいわせると、御上も杉山派を依怙贔屓していたそうだ。そのため、杉山寅之助様は、御上は我にありと思って自信過剰になり、大道寺派を潰して藩の実権を握ろうとしたのではないか、と」

「御上の大道寺為秀へのお咎めは？」

「驚いたことに、大道寺為秀の処分は、次席家老職はそのままで、減禄三百石、自宅謹慎三ヵ月だった」

「なんてことだ。緩い、あまりに緩すぎる」

「藩内でも、主に杉山派から、おかしい、もっと厳しい処分を出すべきだという声があがった。だが、幕府から穏便にと、御上にかなりの圧力があったらしい。でないと、内紛の責任を問うことになり、改易、転封になる、と脅しもあったらしい」

「そういうことか」

寒九郎は頭を振った。

しかし、依然として、老中田沼意次様の意はどこにあったのか？　田沼様の意を受けて、家老の杉山寅之助や父鹿取真之助たちは、何をやろうとしていたのかが、謎として残っていた。

寒九郎は、ふと幼なじみの小杉賢吾を思い出した。小杉賢吾は情報通だった。きっと藩内の出来事をよく知っているはずだ。

「ところで、賢吾はどうしている？　賢吾の親父も杉山寅之助支持だったと思うが、大丈夫だったのか？」

「大丈夫だった」

　楢之進は顔をしかめていった。

「じゃあ、賢吾は元気だろうな」

「最近、おれは小杉賢吾とは疎遠になっている。時々、城内で見かけるぐらいで、話すこともない」

「どうしたのだ？　あんなに仲がよかった間柄ではないか？」

「寒九郎も会わない方がいいぞ。あんな、裏切り者は相手にしない方がいい」

「裏切り者？　いったい、どういうことだ？」

「やつの親父小杉範之丞（はんのじょう）は、あの事件が起こるまで杉山寅之助様に付いていた。おぬしのお父上にも信頼されていた。だが、おぬしのお父上が殺されたと知るや、ころりと宗旨替えをして、あろうことか、いまでは次席家老の大道寺為秀に付いている。小杉賢吾も親父を見習って大道寺為秀さまさまだ。それだけでは済まず、杉山派に与（くみ）する者が誰かを暴きたて、大道寺に売り渡している」

「信じられないな。賢吾は、そこまで落ちたか」

「あいつは、もう友達ではない。軽蔑すべき男だ。武士の風上にもおけない下衆野郎だ」

楢之進は温厚な顔を崩していった。

寒九郎は、それでもなお、信じられない思いだった。

「寒九郎様、そろそろお暇しませんと」

草間がいった。

だいぶ時間が経っている。寒九郎は楢之進にいった。

「楢之進、そろそろ行かねばならぬのではないのか？」

「おう。そうだな。おぬしたち、これからは？」

「このあたりを見て回り、引き揚げる」

「どこへ、とは訊くまい。誰に問われても、それがしは知らぬ存ぜぬでいく。だが、用心しろ。市内をうろつく江戸者たちは、寒九郎、おぬしのことを知っている。それがしにも、しつこく尋問した。おぬしが、どこに逃げたのか、とか、いまどこにいるのか、とか。よもや、弘前城下にいるとは思っておらぬだろうが。人相描きも持っておった。油断いたすな」

「分かった。注意いたす」

寒九郎は草間と顔を見合わせた。

「では、それがしは先に出よう。おぬしたちは時間をずらして出てくれ。若党にいっておく。では、さらばだ。達者でな」

「楢之進も」

「寒九郎、何があっても早まるな。命を大事にしろ。いいな」

寒九郎は楢之進と顔を見合わせ、うなずきあった。

三

寒九郎と草間は、相馬家をそっと抜け出した。細い小路に入り、実家の裏手に回った。

裏手には昔から栗や楢(なら)が混じった雑木林になっている。林の外れにひっそりと稲荷(いなり)神社の社(やしろ)があった。

寒九郎は社がある空き地に立った。そこからは雑木林越しに雄大な岩木富士が見える。子ども時代、寒九郎はしばしば空き地に枝を伸ばした樫(かし)の木に上り、岩木山を眺めるのが好きだった。

雑木林は、子どもたちの格好の合戦場になり、寒九郎は遊び仲間と刀代わりの篠竹を振り回して戦ったものだった。幼なじみの小杉賢吾や相馬楢之進も、一緒に野山を駆け回った。

実家から三軒隣には幼なじみの小杉賢吾の実家がある。賢吾の父小杉範之丞は書院番頭で、以前は父上と親しく交流があった。

だから、楢之進の話は容易には信じられなかった。

「寒九郎様、これより、いかがいたしますか？」

「父上たちに急を知らせてくれた四釜殿は、いかがいたしておるだろうか？」

「四釜鬼兵衛殿ですか。それがしも、四釜殿には、一方ならぬお世話になっておりました。いまいかがなさっておられるか」

「住まいはどちらにあるかな？」

「下屋敷町にお住まいでした。行ってみましょう」

下屋敷町は要路たちが住む上屋敷町に隣接している。中士や下級武士が住む武家長屋が軒を接するように居並んでいた。

寒九郎は子ども時代、こちらの下屋敷町の友達のところに来ては一緒に遊び回ったものだった。友達の多くは藩校の道場で知り合った仲間であった。

上屋敷町の通りを行くと下屋敷町の通りに繋がっている。静けさに満ちていた上屋敷町から一変し、下屋敷町では子どもたちが群れをなして走り回り、賑やかな子どもたちの歓声が響いていた。

寒九郎と草間は、下屋敷町の通りをゆっくりと散策するように歩いた。往き交うのは、御新造や下女、行商人、小商売人の類で、武士たちの姿は少ない。

「四釜鬼兵衛様は、この路地を入った武家長屋におられるはず」

表通りから路地に入ると長屋門が見えた。その長屋門を潜ると、片側に冠木門が並んでいた。その冠木門の一つ一つに小さな庭があり、武家長屋の玄関がついている。

「ここです」

草間が指差した。四軒目の冠木門に四釜と記した表札がかかっていた。

寒九郎は玄関の格子戸を開けた。大声で訪いを告げた。

「御免ください。四釜様は御在宅でござらぬか？」

奥の方から、男の野太い声の返事があった。

「それがし、鹿取真之助の一子寒九郎と申すもの、ぜひ、四釜鬼兵衛様にお目にかかりたい」

「どおれ」

上がり框（かまち）のついた部屋に、のっそりと髯面（ひげづら）の大男が現われた。大口が笑って見える。

「なに、鹿取真之助様のご子息と申されるか？」

「はい。鹿取寒九郎と申します」

寒九郎は髯面の男に見覚えがあった。父上の書院に座っていたのを何回か見たことがあった。

「おお、おぬし、寒九郎殿か。しばらく見ないうちに、すっかり大人になったのう。まあ、上がられい」

四釜は気さくにいい、寒九郎を部屋に上がるように促した。四釜は奥に声をかけた。

四釜の御新造が顔を出した。四釜はお茶の用意をするようにいった。寒九郎は、すぐにお暇するので、どうぞ、お構いなくといった。

四釜は草間大介に気付き、寒九郎に訊いた。

「そちらの方は、もしかして……」

寒九郎は草間大介を四釜に紹介した。四釜は草間大介のことも覚えていた。

「おぬし、鹿取真之助様の傅役だったな。覚えておる。まあ、遠慮せずに二人とも上がってくれ」

寒九郎と草間は上がり框で、それぞれに濡れ雑巾で足を拭い、部屋に上がった。

「四釜様には、父や母が生前いろいろお世話になったかと思います。ありがとうございました」

「いやはや、寒九郎殿、お父上、御母堂を亡くされ、ご愁傷様でござった。それがしの通報がいま少し早かったらと思うと、残念で堪らない。申し訳ない。お許しくだされい」

四釜は鼻をぐすりとこすり上げ、寒九郎に頭を下げた。

「とんでもありません。四釜様のおかげで、それがしは草間ともども逃げおおせることが出来ました。こちらが感謝を申し上げねばなりません」

寒九郎は四釜に頭を下げた。

御新造がお茶を運んで来た。

寒九郎は草間とともに礼をいいお茶を啜った。番茶だったが、いい味わいだった。

「四釜様も襲ってきた刺客たちと斬り結んだとお聞きしましたが」

「いや、面目ない。それがし、鹿取真之助様に通報した後、命からがら逃げるのが精一杯でござった。それがしの腕では、とうてい太刀打ち出来る相手ではなかった」

「津軽者ではなかったと？」

「さよう。あれは、他国から集めた雇われ武者でござった。津軽弁ではなく、江戸弁、あるいは、どこかの訛りがある言葉で、陸奥では聞かない口調でござった」

「襲って来た相手について、覚えておられることをお聞かせください」

「ともかく強かった。いずれも殺人剣の遣い手でござった」

四釜は顎や頰の髯を撫でながらいった。

「それがしが相手をしたのは、三人組でござった。その三人の息がぴたりと合っていて、まるで一体のように自在に動き、打ちかかって来る。たとえていえば、三面六臂の阿修羅と申そうか。それがし、三つの剣を相手に戦うことになり、次第に追い詰められ、止むを得ず、お堀に飛び込んでなんとか逃げ申した。面目ない。そのため、鹿取真之助様をお守りすること能わずでござった」

四釜は大きな軀を小さくして項垂れた。

「その三人組が父上を襲ったのでござろうか？」

「いや、彼らとは別の刺客たちだと思われます。それがしが、三人組を相手にしている間に、鹿取真之助様たちは討たれたと思われますので」

「ううむ」

寒九郎は天を仰いだ。四釜が話を続けた。

「杉山派の幹部たちは大道寺派の陰謀を薄々察知していたものの、まさか余所者を呼んでまでして、我々を襲撃させるとは、鹿取真之助様もほかの方々も、まったく思いも寄らぬことでした」

寒九郎は四釜に向き直った。

「お尋ねしたい。いったい、御家老の杉山寅之助様と父上たちは、何を企図しておられたのです?」

「それは、杉山様からまだ時期尚早なので、部外者には明かさぬようにいわれているのですが、鹿取真之助様のご子息の寒九郎様なら部外者ではないので申し上げましょう」

四釜は崩していた膝をあらためて正座した。

「草間大介殿は、もちろんご存じですな」

「いえ、それがし、鹿取真之助様のお側におりながら、詳しくは聞いておりません。さらに、鹿取真之助様から、見ざる、聞かざる、言わざる、の三猿の誓いをさせられました。それゆえ、これまで寒九郎様にも何もお話ししておりません。申し訳ありません。ご容赦くだされ」

草間大介は頭を下げた。

寒九郎は驚いて草間大介を見た。四釜がうなずいた。

「いいでしょう。三猿の誓いは大事です。それがしが、お話しします。鹿取真之助様は、御家老の杉山寅之助様の意を受けて、北の邪宗門の扉を開こうとなさっていたのです」

「北の邪宗門の扉を開く？」

寒九郎は恩師の大門甚兵衛や橘左近老師が、いかにも口に出すのも汚らわしいといっていたのを思い出した。

寒九郎は尋ねた。

「邪宗門の扉を開くと、どうなるというのですか？」

「ヤマト朝廷や幕府とは別の国を創る道が開けるということです」

「朝廷や幕府とは別の国というのは？」

「アラハバキの国、北の民の国です」

四釜は笑みを浮かべた。

「それは、どういう国なのですか？」

「かつて、アラハバキの安倍一族が十三湊を中心にしたツガル国を創り、安東水軍によって諸国と交易を行ない、繁栄していました。その国を再興しようというのです」

「そのツガル国を再興するということは、一度滅びているのですか？」

　四釜鬼兵衛は大きくうなずいた。

「一度ならず二度ほど、十三湊は大きな那為（地震）と大津波に襲われ、一夜にして滅びてしまったのです。当時のツガル国の支配者、安倍一族は驕り高ぶり、富を独り占めして、民の幸せをないがしろにしていた。それを見たアラハバキカムイが怒って、安倍一族に罰を与えたのです」

　寒九郎は草間大介と顔を見合わせた。草間も初めて耳にする話のようだった。

「それから数百年が過ぎ、夷島に追われていた安倍一族の末裔が再び勢力を盛り返したのです。新興安倍一族は、ヤマト王朝から追われた皇統の皇子を擁していた。安倍一族は、その皇子を奉じて再び十三湊に戻り、その地にツガル皇国を再建しようと目論んだのです」

「その皇子の名は何とおっしゃるのです？」

「安日皇子。ヤマトから逃れた安日彦様の末裔です」

　四釜はじっと寒九郎を見つめた。寒九郎は問い返した。

「四釜殿は安倍一族なのでござるか？」

「いえ。それがしは、アラハバキ族ではありますが、安倍一族ではありませぬ。ツガルや陸奥に棲むアラハバキ族は、いくつとなくあり、それぞればらばらでした。そこで安日皇子は、ツガル、陸奥のアラハバキ族に呼びかけたのです。すべてのアラハバキ族は、我の許に集まれ、と。そして、十三湊を都として、アラハバキのツガル皇国を再興しよう、と。いまから三十年前のことです」

「三十年前？」

「そうです。皇子の呼びかけは、ツガルのアラハバキの心を動かしました。驚いたのは、津軽藩です。津軽藩領内に、そんなものを創られては堪らない。驚いた藩主や藩の要路たちは、直ちに追討軍を十三湊に送り、集まっていた安倍一族と同調したアラハバキ族たちを制圧しようとした」

「制圧されたのですか？」

寒九郎は思わず訊いた。

「安日皇子も安倍一族も、そうなることは百も承知でした。安倍一族は、かつての安東一族の末裔を集めて、安東水軍を創っていたのです」

「安東水軍？」

「安東水軍は、幕府に内緒で夷島において何艘もの大型の安宅船を建造し、それに武装した武者たちを乗せ、北の海を往来させていたのです。それを十三湊に送り込んでいた。ですから、津軽藩兵が陸地から襲おうとしても、安倍一族は安東水軍の船で逃れて、また夷島に戻った。そして、十三湊から津軽藩兵がいなくなると、再び戻って来る。それを何度となく繰り返し、ツガルの各地に拠点を造っていったのです」

「おもしろい話ですね」

寒九郎は半信半疑で頭を振った。

「これは、作り話ではありませんよ。三十年前、それがしがまだ餓鬼だったころ、親父たちが興奮して話していたことなんです。親父も皇子の呼びかけに応じて、十三湊に参集した一人だった」

「それで、どうなったのですか？」

「津軽藩主はツガル皇国や安東水軍に手を焼き、幕府に直訴したのです。藩は何度となく討伐軍を出すので戦費がかかり、藩の財政は逼迫した。それればかりでなく、当時、津軽藩は何度も飢饉に襲われ、田畑は荒れ、餓死者もたくさん出た。討伐どころの騒ぎではなかったのです。そこで、昔から征夷大将軍である徳川将軍様に訴え、征夷軍を派遣してくれと泣き付いたのです」

「幕府は征夷軍を派遣してくれたのですか？」

「幕府とて津軽藩の直訴を受けて奥州の果ての地に大規模な征夷軍を派遣する余裕な

どありません。なにしろ、幕府の財政も逼迫しており、倹約令を出したり、贅沢を禁止する法令などを出して、財政緊縮を行なっていたのですから。かといって、幕府がツガルの皇国や安東水軍を黙認するわけにいかない。そこで、安上がりな手を考えたのです」

「安上がりな手とは何ですか？」

「刺客を放ち、安日皇子を抹殺する。安日皇子さえ殺せば、ツガル皇国は幻となる。アラハバキ族の拠り所がなくなる、と」

「なるほど」

寒九郎は、そう応えながら、どこかで聞いた話だな、と思った。

「幕府は、剣術の腕が立つ若者たちを選び、刺客として密かにツガルの地に送り込んだのです」

寒九郎は内心で、もしや、祖父谺仙之助や大門甚兵衛、橘左近のことではないか、と思った。

「その刺客たちは成功したのですか？」

「昔の話です。それがしは、どうなったのか、詳しくは知りません。ですが、その後に伝えられる話では、安日皇子はお隠れになったとは聞いています」

「では、刺客の誰かは成功したということですね」

　四釜鬼兵衛はにやっと笑った。

「成功したか否かは不明です。そこが、伝説の曖昧なところ。安日皇子様がお亡くなりになられたら、いまツガル皇国の話は出て来ないでしょうな」

「ということは、失敗した？」

「そう思っていいのではないか、とそれがしは思っています。でないと、いまに繫がらない」

「なるほど。いままた三十年前のツガル皇国が復活しようとしている、とおっしゃるのですね」

「さよう。その後、幕府の内部で、ある変化が起こった。これまでの緊縮財政では、幕藩体制は保たない。それに代わる政策はないか、となった」

「どういう変化ですか？」

「これまでのように、幕府がツガルのアラハバキ族や安東水軍を敵視し、軍事力で抑え込むよりも、むしろ、手綱を緩め、ツガルに自由に商売させてはどうか、と考えた。幕府はこれまで、鎖国政策を取り、異国との交易は長崎の出島だけにしていた。だが、その出島を介した異国との交易で上がる利益は莫大なものなのに幕府は気が付いた。

かといって、鎖国をやめ、長崎以外に交易を認めれば、幕府が利益を独り占めすることが出来ない」

四釜はにんまりと笑った。

「もし、北の地に南の長崎の出島と同じような出島を造って、魯西亜（ろしあ）と交易をしたら、莫大な利益を得ることになるだろう、と。ツガルのアラハバキ族、安倍一族を力で弾圧するのではなく、逆に彼らを容認し、魯西亜や異国との交易をさせ、利益を幕府に献上させる。その方が、はるかに安価で、幕府の財政赤字を払拭（ふっしょく）する手立てになろう、と」

「なるほど。考えましたね。誰が、そのようなことを」

「老中に起用されている田沼意次様です」

「ふうむ」

「田沼様は、魯西亜が夷島や陸奥に上陸して、植民地を造らぬよう備える必要もあった。そこで部下に命じ、夷島など蝦夷地への探険を行なわせた。そのために大金を投じ、安倍一族やアラハバキ族に協力を求め、夷島の調査を行なわせた。その一環として、十三湊の整備を容認した。驚いたのは、津軽藩でござった」

「なるほど驚いただろうな。幕府が事実上、アラハバキ、安倍一族の活動を容認するように方針を変更したのだからなあ」

寒九郎は頭を振った。

四釜はぎろりと目を剝き、寒九郎を見た。

「そこで、財政逼迫していた津軽藩も意見が割れたのでござる。若手家老の杉山寅之助様は、老中田沼様の施策に乗った。鹿取真之助様ら若手要路たちの意見を採用したのです。当然のこと、藩内の守旧派は安倍一族討伐の梯子(はしご)を外された形になり、杉山寅之助様への反発を強めた」

「そうでござろうな。藩主の津軽親丞(ちかすけ)様は、杉山寅之助様の施策を是(ぜ)となさったのでしょう?」

「そうなのだ。それで、守旧派の次席家老の大道寺為秀殿や筆頭家老の津軽親高様は、おもしろくなかった。そこに、幕府内の反田沼派幕閣が、ちょっかいを出して来たのだ。反田沼派は藩内守旧派と連絡を取り合い、田沼派の北の構想を失敗させようと、裏から介入し、足を引っ張った。それが、今回の守旧派による、一連の杉山派襲撃の裏事情だった」

「なるほど。そういう裏の事情があったのですか。よく分かりました」

寒九郎は頭を振った。

四釜鬼兵衛は顔を崩して笑った。

「そういう訳だから、わしも実はお役目を辞して、これから十三湊に参ろうと思っているところなのだ」

「十三湊のどちらへ？」

「それは分からぬが、安日皇子の許に上がることだけはたしかだ」

寒九郎は考えた。

祖父の谺仙之助は、安日皇子に同行していると聞いた。いまの四釜鬼兵衛の話から考えれば、祖父の刺客としての使命は失敗したのだろう。そうでなければ、安日皇子が生きているわけはない。

しかし、祖父は安日皇子の暗殺に失敗しただけでなく、どうして、今度は安日皇子に同行し、ツガル皇国創りに参加したのか？　祖父と安日皇子の間に何があったのか？

これは、祖父に直接会って尋ねるしかない、と思うのだった。

「それがしも、ここでの用事が終わり次第に、十三湊に参る所存でおります。あちらには、祖父上が安日皇子様と一緒にいると聞いていますので」

四釜はうなずいた。

「さようか。おぬしの祖父上といえば、鹿取真之助様の父上でござるな。では、やはりアラハバキの同胞。分かりました。それがし、一足早く、あちらに参り、おぬしたちが来るのをお待ちしましょう」

「では、これにて」

寒九郎は草間とともに立ち上がった。

「寒九郎殿、くれぐれもお気を付けくだされ。弘前城下には、江戸から派遣された刺客がうようよいる。やつらに見つからぬように、用心してくだされ」

「ありがとうございます」

寒九郎は四釜に頭を下げ、上がり框に戻った。

草間が玄関先から外を窺い、不審な者がいないのを確かめた。

寒九郎は草間とまた釣り竿を肩にかけて、通りを悠然と歩き出した。

四

上屋敷町の通りに戻った。だいぶ陽は西に傾き、岩木山の山端に隠れている。

あたりは、いつの間にか薄暮が広がりはじめていた。

寒九郎は歩きながら、頭の中で四釜の話をいろいろと反芻(はんすう)していた。謎が、後から後から湧き出て来る。

祖父は、なぜ、谺一刀流を邪剣として封印したのか？

祖父は、本当に祖母美雪を殺(あや)めたのか？

父上は祖父上に宛てた手紙で、何を訴えているのか？

上屋敷町の大通りには、下城して来た要路たちの騎馬の一行の姿があった。すれ違う武家たちは、釣り竿を肩にした寒九郎たちを見ても、まったく気にする様子がなかった。

「寒九郎様、そろそろ、神明寺に引き揚げませんと」

草間が脇から声をかけた。

「分かっている。いま一つ、確かめたいことがある」

「何でございます？」

寒九郎は、ふと足を止め、武家の長屋門を目で差した。

「寒九郎様、それは、あまりにも無謀というものでございます」

草間は長屋門を見ながら、あたりに気を配った。

表札こそ出ていないが、そこは、中老桑田一之進の屋敷だった。以前に、桑田一之進の息子の竜之輔を訪ねたことがある。

門番たちが出て来た。門番たちは門の扉を開け、門の前を箒で掃除を始めた。まもなく主人は帰ってくる。門番たちは、その準備をしているのだ。

「どうなさるのです？」

「待つ」

寒九郎は草間にいい、門を離れて、城の方角に歩いた。馬に乗った武家が供侍や中間を従えてやって来る。

寒九郎は中間が担いでいる挟み箱の家紋にちらりと目をやった。桑田家の家紋ではない。

寒九郎は顔を伏せ、一行をやり過ごした。

通りの先から、つぎつぎに下城の武士たちがやって来る。桑田家の家紋は桑の葉三枚をあしらったものだ。いずれの家紋も、桑の葉ではない。

寒九郎は並ぶ松並木の陰に立った。草間も已むを得ずという顔で隣の松の幹の陰に立った。

陽が陰り、あたりは暗くなりはじめた。

また城の方角から、馬に乗った侍の一行がやって来た。

寒九郎は、はっとして身を起こした。

遠目だが、馬に見覚えがあった。鼻面の白い十字型の流星。栗毛の馬。歩様も堂々としている。

間違いない。疾風だ。

昔、鹿取家で飼っていた父上真之助の愛馬だ。寒九郎が触ろうとすると、よくふざけて咬み付こうとした。楓と似た咬み癖がある。

先頭の若侍、馬の轡取り、主人を乗せた馬が行く。左右に供侍がついている。最後尾の中間が担いだ挟み箱の家紋は？

紛れもない桑の葉三つ。

馬上の侍は見覚えがある。桑田一之進だ。

寒九郎は松の木の陰で、人差し指を口に銜え鋭い口笛を吹いた。

疾風なら、きっと覚えている。

馬が突然歩くのをぴたりと止めた。

疾風だ。俺の口笛を覚えていた。疾風は、両耳を立て、首を振ってあたりを見回している。

「どうどう。どうした」

ている。俺を探している。

馬上の桑田一之進が慌てて両足の鐙(あぶみ)で疾風の横腹を蹴った。疾風は一歩も動かない。

轡取りが急いで轡を引いた。それでも、疾風は四肢を踏張り、動こうとしない。

寒九郎はほくそ笑んだ。

疾風は、寒九郎が出す次の指令を待っている。

寒九郎は口に指をあて、短く二度口笛を鳴らした。

途端に疾風はどっと駆け出した。

「殿ー」「殿おお」「待てええい」

護衛の若侍と供侍、馬丁が慌てて、疾風を追い掛けはじめた。

桑田一之進は振り落とされまいと、必死に鞍にしがみついている。

「参るぞ」

寒九郎は松の木の陰から飛び出した。草間が後を追って来る。

「どちらへ」

「我が家だ」

寒九郎は路地に飛び込んだ。草間が付いてくる。

我が家への近道だった。いつも藩校帰りに使った裏手の道。

途中他家の垣根の間を抜ける。ついで、築地塀と築地塀の狭い間を走り、低い垣根を飛び越える。幸い、誰も見ていない。見ていても、駆け抜けるしかない。

急げ、寒九郎。寒九郎は釣り竿を手に走りに走った。

着いた。寒九郎は足を止めた。肩で息をして整えた。

そこは、かつては我が家だった屋敷の厩(うまや)の裏だった。草間も駆け付け、寒九郎の脇で荒い息をしている。

「どうして、こんな近道を……」

「知っているのか、というのか。昔、よくこの道を走った」

寒九郎は笑った。

雑木林から馬蹄(ばてい)の音が聞こえた。

「来る。昔、疾風は父上からそれがしが譲ってもらった馬だ」

「さようで」

薄暗くなった雑木林の中から、一頭の馬が現われた。馬上に必死にしがみ付いている人影も見えた。

寒九郎は駆けてくる馬の前に釣竿を拡げて、立ち塞がった。

「待て、疾風」

疾風はいななき、後ろ肢立ちになった。馬上の桑田一之進は堪らず、地べたに尻から落ちた。

「どうどうどう、疾風、落ち着け」

寒九郎は、前肢で蹴りかかろうとする疾風を宥めた。

疾風が寒九郎の声を聞き、顔を認め、さらに臭いを嗅いで、ようやく寒九郎だと認識した。

「よしよし、疾風、よくおれを覚えていたな」

寒九郎は疾風の轡を取った。疾風はぶるぶると唇を震わせていなないた。

ついで、寒九郎が鼻面を撫でる手にぱくりと咬み付こうとした。寒九郎は手を引っ込め、ぱしりと鼻面を叩いた。

「こいつ、まだ咬み癖が治らんな。しようのないやつ」

疾風は甘えるようにいなないた。

「かたじけない、かたじけない。どなたかは分からぬが、よくぞ、馬を止めてくださり、かたじけない」

桑田一之進は腰を擦りながら立ち上がり、寒九郎に近寄った。

「ほんとに酷い馬だ、主のわしを振り落として暴走して。屠殺送りになるところをわしが助けてやった恩も忘れて……」

桑田は暗がりの中で、寒九郎の顔を見て、さっと後退した。

「お、おぬしは」

桑田は逃げようとした。後ろに草間大介が立ち塞がった。

「お、おのれら、わしを」

「桑田一之進様、お久しうございます」

桑田は腰の大刀に手を延ばし、ぎらりと刀を抜いた。刀を寒九郎に突き付けた。

「おのれ、おぬし、倅竜之輔を、よくも殺したな。竜之輔の仇、覚悟しろ」

寒九郎は、口笛をぴっと短く吹いた。

疾風が首を上げた。次の瞬間、疾風は大口を開き、桑田の肩に咬み付いた。

桑田一之進は、悲鳴を上げ、刀を取り落とした。寒九郎は刀を拾い上げ、桑田の襟首を摑み、刀を首に当てた。

「なぜ、竜之輔をそれがしに差し向けたのです？　それがしとて、竜之輔を斬りたくなかった。だが、斬りかかってくる以上、それがしも刀を振るわざるを得ない。父上母上を殺した上に、なぜ、それがしの命も狙う？」

桑田は呻いたが、何もいわなかった。

「殿おお、殿おお」

「殿はどちらにおられるか？」

雑木林から若侍や供侍、中間の声が聞こえて来た。

「馬を頼む」

寒九郎は草間大介にいい、桑田を引き立て、厩の表に連れて行った。草間は疾風の轡を引き、厩の中に入れた。

「ちょっと、来てもらおうか」

寒九郎は桑田を引きずるようにして、母屋に連行した。桑田は嫌々ながらも、寒九郎に引き立てられ、母屋の台所の戸口に立った。戸は閉まっていたが、しんばり棒は掛けてなかった。

寒九郎は台所の戸を引き開け、家の中に桑田を押し込んだ。

桑田の首に刀をあてていった。

「動くな。動けば斬る」

「どうせ、殺すのだろう？」

「生きるも死ぬも、おぬし次第だ。生きたければ、おとなしくしろ。死にたくば、声を上げろ」

「……………」

桑田は金縛りにあったように動かなかった。

家の中は真っ暗だった。目を凝らしていると、次第に目が慣れ、部屋の中が朧げに浮かび上がった。

「殿おお」「どちらにおられますかあ」

家来たちの声が厩の方から聞こえたが、その声がだんだんと離れて行くのが分かった。

目が慣れたので、桑田の襟首を握る手を離し、首に刀を当てたまま、背を押して部屋に上がった。母屋の居間で惨劇は起こったのだろう。三年の月日が過ぎたのに居間の中は、当時のまま放置されていたらしい。膳は引っ繰り返され、徳利や杯、食器が割れて散乱している。

藺草の青臭い臭いがした。その臭いに混じって、まだ血の匂いもする。父上と母上の流した血の匂いだ。

寒九郎は胸を締められるような痛みを覚えた。子どものように泣きたくなる思いを必死に堪えて飲み込んだ。

「桑田殿、あらためて、お尋ねいたす。なぜ、父上のみならず、母上を殺めた？」

「……………」

桑田は身動(みじろ)いだ。

「正直にいってくれれば、おぬしのことを、許す。許して解放する」

「……。そういっても最後には、わしを殺すのだろう?」

「それがしは武士だ。武士に二言(にごん)はない。いえ、なぜ、父上母上を殺めたのだ?」

「上からの命令だった」

「上と申すは、誰だ?」

「…………」

「大道寺為秀か?」

「違う。もっと上だ」

桑田はごくりと喉(のど)を鳴らした。

「なに? もっと上ということは、藩主の津軽親丞様が命じたというのか?」

「違う、もっと上だ」

「幕府の要路ということか?」

「…………」

桑田はうなずいた。

「いったい、要路とは誰だ? いえ」

「…………」

「正直にいえ。いわねば……」

「大目付の松平貞親様だ」

「うそを申せ。大目付の松平貞親様は、それがしも知っている」

「うそではない。大目付の松平貞親様は、幕閣松平定信様の意向を受けて、津軽での田沼様の策動を封じようとしている」

「なぜ、我が父上や母上を殺したのだ？　理由があるだろう？　それをいえ」

「……北の邪宗門の扉を開こうとしたからだ」

「なぜ、邪宗門を封じようとする？」

「御上に逆らうのが分かっているからだ。田沼殿は、それを知りながら、邪宗門を開かせようとしている。アラハバキは、反逆者だ。反逆者は成敗せねばならない。それが、征夷大将軍の信念だ」

「それがしは、まだ自分がアラハバキだとは思っていない。己れが何者なのかを知ろうと思っているだけだ。反逆者でもない」

「笑わせるな。アラハバキは、みな反逆者だ。おぬしの父も母もみな反逆者だ。反逆者はみな地獄へ落ちろ」

桑田は侮蔑するように笑った。

寒九郎は吐き捨てるようにいった。

「どうとでもいえ。おぬしが引き連れていた刺客は何者だ。誰が父上、母上を斬ったのだ？」

「…………」

「津軽者か？」

「違う。いったら、どうするのだ？」

「それがしが、両親の仇を討つ」

「討てるかな？　相手はかなりの手練だ。おぬしが何人束になってかかっても勝てはしまい」

「誰だ？　そやつらは？」

「いっても致し方ないだろう。どうせ、返り討ちになるだけだ」

寒九郎はため息をついた。

「分かった。教えねば、それがし、さっきの誓約を取り消す。おぬしに父上と母上を殺した責任を取ってもらうことにする」

桑田は少し慌てた様子になった。

「さっき武士に二言はない、といったではないか」

「致し方ない。刺客たちのことをいわねば、おぬしに身代わりになってもらうしかない」

寒九郎は刀の刃を桑田の首にあてた。

「お覚悟」

「待て。いう。待て」

桑田は五人の刺客たちの名前をすべて吐いた。

寒九郎は脳裏に刺客たちの名前を刻み付けた。

聴き終わった後、寒九郎は桑田の刀の下緒（さげお）を外し、桑田の腕を後ろに回して縛った。ついで手拭いで猿轡（さるぐつわ）を咬ませた。荒縄で桑田の両足を縛り、床に転がした。

「そのうち、家来たちがおぬしと馬を捜しに来よう。それまで我慢するんだな」

寒九郎は、そう言い置き、母屋を出た。木戸の戸を閉めた。途端に母屋の中で桑田が騒ぎ、喚き出した。

寒九郎は草間大介に「行こう」と促した。

草間大介が厩に顎をしゃくった。

「どうします？」

疾風が前足で厩の地面を掻いていた。

「どうするって、置いていくしかあるまい」

「そうですか。いいんですか？」

疾風は悲痛な声でいなないた。厩の中で右往左往していた。

「疾風、おまえは、ここにいろ。連れては行けぬ」

寒九郎は感情を圧し殺していった。疾風は一瞬おとなしくなった。

寒九郎は草間大介に行こうと合図し、厩から離れて、裏手に回った。雑木林に入った。

「殿おお」「どちらにおられます？」

雑木林に人影が現われた。先刻よりも人数が増えていた。

いきなり、厩の表の方で物が壊れる音が響いた。暗がりの中を馬の影が飛び出して来た。

「お、殿の馬だ」

「馬がいたぞ」

人影が一斉に寒九郎と草間大介の方に駆け寄りはじめた。

疾風は鼻をぶるぶる震わせながら、寒九郎の許に駆け付けた。盛んに寒九郎を咬む振りをして甘えた。

「仕方ないなあ」

寒九郎は疾風の手綱を握った。

「待て、何者だ」

家来の人影が寒九郎たちの周りに殺到した。

「殿ではないぞ。何者、殿はどこだ？」

早くも家来の何人かは抜刀した。

「安心しろ。桑田殿は母屋の中にいる」

寒九郎はひらりと疾風に飛び乗った。

「乗れ」

その声に草間大介も疾風の尻に飛び乗った。

草間は寒九郎の軀を摑んだ。寒九郎は両鐙で疾風の腹を蹴った。

疾風はさっと立ち上がりかけたが、すぐに猛然と林の中を駆け出した。寒九郎と草間は疾風の背にしがみついた。疾風は風を切って、暗闇の中を疾駆した。

五

寒九郎と草間が相乗りした疾風は寺町の外れにある神明寺の境内に走り込んだ。

境内の暗がりで、寒九郎たちを迎えるように楓とブチのいななきが起こった。

寒九郎と草間は、楓たちの前に着くと、ひらりと馬から飛び降りた。

「おう、楓、ブチ、おとなしく待っておったか」

寒九郎は鼻を鳴らす楓とブチの鼻面を撫でた。例によって楓が寒九郎の手を咬もうとした。寒九郎が軽く、鼻面を叩いた。

「おまえらの仲間を連れて来た。仲良くしろよ」

寒九郎は疾風を楓とブチに引き合わせた。

宿坊から僧侶の人影が現われた。

「おう、お二人とも、お帰りなさったか」

妙顕和尚の声が聞こえた。

「おやおや。もう一頭、お仲間が増えたようですな」

寒九郎は疾風の首を撫でながら、いった。

「はい。こいつ、それがしが以前に飼っていた馬でして、どうしても一緒に来たいと逃げ出して来たのです」

「さようか。馬とて衆生（しゅじょう）でございますからな」

草間がブチを撫でながら、礼をいった。

「和尚様、馬たちがお世話になり、ありがとうございます」

「いやはや、小坊主、修行僧たちが大わらわで馬たちの面倒を見てましたよ。なかには、咬まれて腕が腫れ上がってしまった者もおりましたがね。みんな、楽しそうでした」

寒九郎は楓の鬣（たてがみ）が濡れているのに気付いた。

「軀まで洗ってもらったようで、ありがとうございます」

「いやいや、これも修行と思えば何でもありません。我々も死んで、今度は何に生まれ変わるのかも分からないわけですからな」

妙顕和尚は笑った。

「ともあれ、二人ともお腹が空いているのではないですか。朝も食事も取らずにお出かけになられたのだから」

「はい。はらぺこです」

「僧坊の方にお粥が用意してあります。精進料理ですから、美味しいかどうか分かりませんが、お腹が空いては何も出来ますまい。どうぞ、召し上がってください」

「では、遠慮なく、ご馳走になります」

寒九郎と草間は連れ立って僧坊に入った。

燭台の蠟燭の火が板の床を照らしていた。修行僧たちが、早速に箱膳を運んで来た。粥をたっぷり入れた丼に一汁一菜が添えられていた。

寒九郎と草間は膳の前に正座し、合掌してから、丼の粥にかぶりついた。

たちまちのうちに丼の粥を食べ、修行僧にお代わりを頼んだ。

妙顕和尚はにこやかに二人の様子を見ていた。

「そういえば、夕方近く、あなたたちが帰って来る少し前に、妙な男たちが寺を訪ねて来ましたよ」

「どういう男たちですか？」

「侍のようでもあるし、そうでもない。旅姿なのですが、行商人でもなく、股旅の渡世人でもない。だが、腰には脇差しを差し、目から妙な剣気を放つ御仁たちでした。ともかく只者ではない、そういう感じを抱かせる男たちでしたね」

「その男たちは、この寺に何しに来たのですか？」

「ある種の仏像を探していると いっていましたな」

「ある種の仏像ですか？　何だろう」

寒九郎は草間大介と顔を見合わせた。

妙顕和尚は笑いながらいった。

「どのような仏像か、と、その男たちに尋ねたら、仏像というよりも、奇怪な偶像といった方がいいかも知れないといっていた。目が異常に大きいが、糸のように細い線の眼をしているとか、手足が太くて短いとか」

寒九郎は首を捻った。妙顕和尚は続けた。

「なぜ、そんな像をお探しになっているのか、と聴いたら、男たちは笑って答えなかった。でも、あれは、お金になる、という意味のことをいっていたので、私は黙っていたのです。それから、まもなく出て行ってしまい、今度は隣の寺を訪ねて行ったようでしたね」

「和尚は、その像について、なにか心当たりがあったのですか？」

寒九郎は首を傾げた。和尚は笑いながらうなずいた。

「実は、もしかして、この地に時々古墳から出て来るアラハバキの神の土偶ではないかと思いました」

「アラハバキの神像ですか?」

「そうではないかと思います。私は一度、庄屋さんがお持ちだった像を見せてもらったことがありました。一尺ほどの高さの異様な土偶で、なかなかの珍品でした」

アラハバキカムイの像か?

どんな像なのか、寒九郎も見たいものだ、と心に思った。

「あしたは、十三湊の方へ御出でになるのでしょう?」

「はい。そのつもりです。朝早く立ちます」

「では、早くお休みになられるがいい」

妙顕和尚は穏やかな笑みを浮かべていった。

寒九郎は妙顕和尚と話しながらも、睡魔に襲われるのを感じた。

その夜、早めに床についた寒九郎と草間大介は、たちまち深い眠りの中に落ちた。


寒九郎は深夜、人の気配に気付き、そっと目を開けた。

枕元に蓑笠を被った大男が胡座をかいて座っているのが見えた。

「おい、泣き虫小僧、ようやく、おぬし、父上と母上の墓参りが出来たようだな」

「ああ。やっと念願を果たした。気持ちがすっきりした」

「愚か者めが。あの墓に父上と母上が入っているとは限らないのだぞ。おぬし、ちゃんと墓の中を見たのか？」

「いや、見ていない。だが、妙顕和尚がこれが両親の墓だとおっしゃっていた」

「愚か者めが。和尚だって人間だ。遺骨がちゃんと入っているかどうかも確かめずに墓参りするとは呆れ返る」

「それがしは、妙顕和尚を信用する。おぬしの讒言(ざんげん)よりもな」

「ほほう。泣き虫小僧も、一人前に口答え出来るようになったのか。偉い偉い、褒めてやろう。だが、大人になったら、相手がどんな聖人と見えても疑え。信じることは、誰でも出来る。だから、裏切られたのなんのと泣き叫ぶことにもなる。疑わないからだ」

「では、妙顕和尚も信用するな、というのか？」

「そうはいっていない。何はともあれ、一度は疑えといっているだけだ」

「では、どうしたらいいのだ？」

「そんなことは自分で考えろ」

「分かった。妙顕和尚に聴かず、内緒で墓の中を覗いて見る。見てあったら、名無しの権兵衛、おまえ、どう責任を取るのだ」

「愚か者めが、わしが、なぜ、そんなことで責任を取らねばならぬのだ。骨があったらあったでよし、なかったら、それもよし。めでたしめでたしだ」

「何がめでたしだ」

寒九郎は怒鳴り、はっと目を覚ました。

枕元には、名無しの権兵衛の姿はなかった。

その代わり、幸の簪が転がっていた。

寒九郎は急いで幸の簪を手に取った。

なぜ、懐(ふところ)に入れておいたはずの簪が、転がり出ていたのだ？

寒九郎は、嫌な予感に襲われた。もしや、幸の身になにかあったのではあるまいか？

そう考えると、寒九郎は眠れなくなった。

幸、何があっても、生きていてほしい。生き延びて、それがしが帰るのを待っていてほしい。

寒九郎は僧坊の中の闇に目を凝らし、アラハバキカムイでもいい、観音菩薩でもいい、どうか、幸をお守りください、と祈るのだった。

第四章　十三湊のまぼろし

一

「それがし、寒九郎を血を分けた実の弟のように思っております」

由比進は父作之介と母早苗の前に正座し、背筋を伸ばした。

武田作之介は腕組みをし、目を瞑っていた。

早苗は作之介の隣に正座し、何もいわずに息子の由比進を見つめていた。目はやや潤んでいたが、努めて冷静さを失うまいとしていた。

「寒九郎を見殺しにすることは出来ません。それがし、なんとしても寒九郎を助け、必ず生きて江戸へ連れ戻します。ぜひとも、それがしの我儘をお許しください。お願いいたします」

由比進は両手をついて、作之介と早苗に深々と頭を下げた。

すでに江上剛介は御上の密命を受けて、北へ旅立ったと聞いた。どのような密命を受けたのかは分からない。分かっているのは、誰かを殺せという命令だということだけ。しかし、殺す相手は本人以外は分からない。

密命成功の暁には、御上から扶持の加増が約束され、幕府要職に取り立てるという念書も与えられたとのことだが、これまた本人以外に、その内容は分からない。

御上から密命を受けなければ、陸奥への通行手形は出ない。寒九郎同様に密行するしかない。関所役人に捕まれば、江戸へ追い返されるだけでなく、厳しい処罰が待っている。

作之介は目を開いた。

「由比進、御上から密命を受けるということが、どういうことか知っておるのか？」

「はい。存じております」

「いうてみい」

「御上のために、死ね、ということです」

早苗の顔色が変わった。由比進は敢えて母の顔を見なかった。

「御上の御下命が何であるか、おおよそ見当はつく。御下命が、もし、寒九郎を亡き者にせよ、というものだったら、おぬし、実行出来るか」

「出来ません」

由比進は背筋をぴんと伸ばした。

「だったら、御下命に背くことになる。それが、どういう結果を産むか存じておろうな」

「はい。存じております」

「それでも、御上の密命を受けるのか？」

「それがし、御上の密命を受けるつもりは毛頭ございません」

由比進はこれまたきっぱりといった。

「なに、受けぬと申すのか」

作之介は面食らった顔になった。

早苗も驚きの表情になった。

「受けなければ、津軽へは行けぬぞ」

「それがし、しばらく病気になります」

「なに、病気になるだと？」

作之介は早苗と顔を見合わせた。

由比進はうなずいた。

「それも重い病にかかり、しばらく御役を休ませていただき、転地療養いたします」

「……それで北へ密行するというのか？」

「はい」

「そんな好き勝手が許されると思うか」

「もし、それが叶わぬことならば、それがし、幕臣を辞め、素浪人となってでも、北へ密行しようと考えております」

作之介は呆れた顔をした。

「幕臣を辞した武士が食っていく道はあまりないぞ。それに、そうすれば、家督を継ぐことも出来ず、司直から追われる身になり、住むところもなくなる。それでもいいのか？」

大門老師がいった毒饅頭という言葉が頭を過った。毒饅頭なんぞ、誰が食うものか。

「家督は弟元次郎に譲ります。追われれば逃げるまでのこと。御上の毒饅頭を食べるよりも、追われる方がましでございます」

「そうしてまで寒九郎を救けに行きたいというのか」

作之介は思わず口元を綻ばせていった。

「はい。それがしだけでなく、大吾郎も同じ思いです。ですから、それがしと大吾郎の最強の二人で、寒九郎を救けに参りたいと思っております」

　早苗の顔が俄に明るくなった。

「大吾郎さんも、ご一緒するのですか？」

「はい。いまごろ大吾郎も、お父上に同じようなことを話していると思います」

「どうして、大吾郎さんが……」

　早苗は、いったんは怪訝な顔をしたが、すぐに何か思い当たった様子だった。

　大吾郎は、妹の幸が寒九郎に思いを寄せているのを知っている。その寒九郎が窮地に陥っているとすれば、幸の兄として寒九郎を救いに行こうと思うのは当然であろう。

　作之介は由比進を試すように見つめた。

「吉住敬之助は、わし同様、大吾郎が北へ行くことを許さぬだろう」

「さすれば、それがし一人でも出奔して北へ参ります」

「わしが勘当を言い渡してもか？」

　書院の蠟燭の炎がちらりと揺れた。由比進は一呼吸をおいてから、硬い表情でいった。

「はい。……勘当を覚悟しております」

「由比進、あなたという人は……」

早苗は目を潤ませた。

「申し訳ございません。母上、この親不孝者をお許しください」

由比進はまた早苗に頭を下げた。

作之介も早苗も由比進も、凍り付いたように静まり返った。

作之介は腕組みをしたまま、また目を閉じた。早苗は大きな眸でじっと由比進を見つめていた。由比進は二人に頭を下げたまま、黙り続けた。

蠟燭の芯が焦げて、じりじりと音を立てた。

作之介は静かな口調でいった。

「由比進の決意、鋼のごとく堅いと見た。止めても無駄であろう」

「申し訳ございません」

由比進は作之介に頭を下げた。

「幕臣としては、おぬしが出奔するのを見逃すことは出来ん。わしの目の届くところで出奔いたせば、斬る」

「はい」

由比進はうなずいた。

「旦那様」

早苗が作之介に声をかけようとした。作之介は手で何もいうなと制した。

「だが、親としておぬしに密命を申し渡す」

「…………？」由比進は顔を上げた。

「たとえ、どんなことがあっても、生きて還(かえ)れ」

「生きて還れ、と」

由比進は唇を嚙んだ。

「いいな。寒九郎ともども生きて還るのだ。これはわしと奥のおぬしに出す密命だ」

「はいッ。ありがとうございます」

由比進は胸を張って答えた。

「あなた」

早苗が涙ぐんだ。作之介は早苗にいった。

「涙は不吉。泣くな」

「はい。旦那様」

「由比進、話は終わった。下がれ。わしの気が変わらぬうちに」

作之介は厳しい顔のままいった。

「はい。父上、母上、ありがとうございました。下がらせていただきます」

由比進は二人に頭を下げ、後ずさって襖を開け、廊下に出た。廊下には行灯の仄かな明かりがあるだけだった。

襖の戸を閉めた。襖越しにかすかに、母の忍び泣きする声が聞こえた。

由比進は暗闇の中で書院に頭を下げ、自室に引き揚げて行った。


吉住敬之助は、突然の大吾郎の申し出に、腕組みをしたまま絶句していた。

おくにが血相を変えていった。

「大吾郎、あなた、由比進様に誘われて陸奥へ行くと答えたの？」

大吾郎は手を振って答えた。

「違う違う。誘ったのは俺の方だ。由比進から誘われたのではない。俺がひとりでも寒九郎を助けに行くと決めたんだ。由比進は同じような考えを持っていて、俺が北へ行くといったら、あいつも一緒に行くと言い出したんだ」

おくには怒鳴った。

「どうして、あなたが寒九郎様を助けに行くなんて言い出したの。お父さんやわたしに相談もなく」

「だって、そんなことをいったら、母さんも親父もすぐにだめだっていうに決まっているじゃないか」

「それはそうだけど、突然、どうして、寒九郎様を助けに行くなんて言い出したというの」

「昨夜、夢を見たんだ。寒九郎が大勢の刺客に襲われ、斬られる夢だった。寒九郎は口には出さなかったが、助けてといっていた。幸の名を呼んでいた。俺ははっとして目を覚ました。きっと夢の中で、寒九郎が俺を呼んでいるって思ったんだ」

「夢は夢でしょ。本当のことじゃない」

「正夢（まさゆめ）ってこともあるじゃないか。母さん、寒九郎はいずれ妹の幸と夫婦になる男だよ。俺の弟になる男なんだ。その弟が助けを求めていたら、兄貴として俺が助けに行くのは当たり前じゃないか」

　おくには夫の敬之助に向き直った。

「あなた、なんとかいってください。夢なんか、ほんとかどうか分からないのですから、信じちゃあいけないといってください」

　敬之助は腕組みをしたまま、大吾郎にいった。

「由比進様は行くといっているのか？」

「うん」

「うんではない。はい、だろう。おまえはもう餓鬼ではない、元服した一人前の大人の侍だ。大人なら親に向かっては、ちゃんと礼を以て答えろ」

「はい」

大吾郎は慌てて正座をした。

「おぬしの御役目は何だ？」

「御役目って？」

「それがしたちは、武田家に御奉公している武家奉公人だ。武田作之介様から俸禄を頂いている。わしは若党頭の御役を頂いておる。おぬしは、武田作之介様の供侍が御役目であろう？」

「はい」

大吾郎はごくりと喉を鳴らした。

「供侍の御役目は何だ？」

「御主人様に御供してお守りすることです」

「おぬしには、供侍見習いの心得を十分に教えたはずだ。心得とは何だ？」

「御主人様が襲われたら、身を盾にお守りすることです。命懸けでお守りする」

「そうだ。それが御役目だろう？」

「はい」

「武田由比進様は、御主人である作之介様の嫡子だ。いずれ武田家を御継ぎになる大事な御方。その由比進様が、寒九郎を助けに、危険な旅をして、津軽に参ると申されているのだとすれば、誰にいわれずともおぬしが取るべきことは決まっておろう」

「はい」

大吾郎は驚いて、目を瞠って敬之助を見た。

「あなた、なんてことを」

「おまえは黙っておれ。これは、サムライの大事。息子が一大決心しようとしているのに口出ししてはならぬ」

「は、はい」

「大吾郎、どうだ？　おぬしは何をせねばならぬか？」

「はい。由比進に御供して」

「由比進様だ」

「はい。由比進様に御供してお守りすることです」

「そうだ。それが、武田家に奉公する供侍の御役目だ。大吾郎、由比進様について行け。あらゆる時に軀を張って由比進様をお守りするのだ」

「はい」

大吾郎は姿勢を正して、敬之助に向いた。

「お守りして由比進様を無事に江戸に連れ還れ。寒九郎もだ」

「はい。命をかけて連れ戻します」

「そうだ。よくぞいった。それでこそ、わしらの息子、サムライの子だ」

敬之助は厳かにいい、大きくうなずいた。

「あなた」

「おくに、大吾郎が心置きなく旅立てるよう、支度をいたせ」

「は、はい」

おくには袖で目の涙を拭った。

二

寒九郎と草間大介は、まだ夜が明けやらぬ時刻に起床した。

神明寺の朝は早い。修行僧たちはまだ暗いうちから起き出し、本堂で読経を始める。

その一方、庫裏では当番の修行僧たちが竈に火を熾し、朝餉の用意がなされる。

寒九郎と草間大介も顔を洗い、しっかりと軀を目覚めさせると、当番の修行僧たちに混じって炊事の手伝いをした。

その後、寒九郎と草間は大庫裏で大勢の修行僧たちと一緒に朝餉を摂った。一汁(いちじゅう)一菜(いちさい)の簡素な朝餉だったが、寒九郎も草間も十分に腹拵(ごしら)えが出来た。

「そうですか。いよいよお発(た)ちになられますか。これからの道中、あなたたちに、どうぞ御仏の御加護がありますようお祈りしておきます」

妙顕和尚は暇乞(いとまご)いする寒九郎と草間大介に優しい言葉をかけた。

寒九郎と草間大介は楓と疾風に跨がり、ブチの手綱を引いて、神明寺の境内から出立した。

しかし、いくら朝早いとはいえ、騎馬二頭と控えの馬一頭を連れて、弘前城下を抜けるのは目立ち過ぎる。役人たちの目を引き過ぎる。

そこで寒九郎たちは城下を大きく西に迂回し、岩木山麓の森の中を抜けて下って来る古道に出た。古道を下れば弘前城下から北へ行く街道に合流する。

古道を馬で駆けるのは、久しぶりであった。藩校生時代に乗馬稽古のため、城下の馬場から繰り出し、馬で走り回った地であった。

寒九郎は、しっとりと朝霧に包まれた森の中の古道に馬を駆った。楓は寺で十分に躯を休め、飼い葉もたくさん食べたので、元気溌剌としていた。

草間大介が乗った疾風も空馬のブチも軽快に風を切りながら、寒九郎の楓の後に付いて駆けて来る。

古道を使う人は、土地のマタギや杣人(そまびと)に限られ、普通の旅人が使うことはない。そのため、古道は荒れ果て、獣道(けものみち)となっている。

しばらく走るうちに、森が切れ、岩木山の眺望がよくなった。

「寒九郎様」

後ろから声がかかった。寒九郎は手綱を引き、楓の速度を落とした。すぐに草間が寒九郎の傍に疾風を寄せた。

「どうやら、尾行されておるようです」

「どこから？」

「寺を出た時からずっと」

寒九郎は馬上で振り返った。

背後の森は、森閑として静まり返っている。尾(つ)けてくる人影も馬の影もない。

だが、小鳥たちの囀りが聞こえない。森の中に異変が起こっているのだ。

「何者かな」

「おそらく忍び」

忍びなら森の中を馬なしでも走り回り、執拗に尾いてくる。それも後から尾いてくるとは限らない。忍びは常に尾ける相手の先を読んで先回りしたり、近道をする。

古道は山中をいくつにも枝分かれしたり、合流を繰り返しながら、本道に繋がっている。それを熟知しているようであれば、地元津軽藩の忍び。知らなそうならば、公儀隠密、幕府のお庭番だ。

「参ろう。しばらく様子を見る」

「分かりました」

寒九郎は鐙で楓の腹を蹴った。楓はまた草が生い茂った古道を駆け出した。後ろから草間たちが続く。

古道はまた森に入った。小高い丘を上り、また下る。川のせせらぎが聞こえる。

岩木川の支流清川だ。寒九郎が藩校に通っているころ、父真之助に連れられて、何度も岩魚釣りに来た記憶がある。

古道は突然に溪流の畔に出た。寒九郎は楓を止めた。見覚えのある溪流の淀みに胸が締め付けられた。

父が教えてくれた穴場だ。馬上から見下ろしても、岩魚の魚影が見える。草間が乗った疾風も止まると同時にいなないた。疾風も覚えているのだろう。

寒九郎は感傷を胸中に抑え込んだ。いまは懐かしんでいる時ではない。

「この先、川沿いになだらかな坂を下ったところで、川は岩木川に合流する。古道も終わり、十三湊へ通じる街道に通じる」

「さすが、詳しいですな」

寒九郎はまた鐙で楓の腹を軽く蹴り、坂を下りはじめた。

森は深く、谷川のせせらぎと、さわさわと風の渡る気配だけが聞こえる。

背後から尾行してくる人の気配はなかった。

しばらく行くうちに古道は平坦な道になった。再び、突然のように森が切れ、視界が広くなった。

目の前に岩木川本流のゆったりとした流れが現われた。古道は川沿いのやや広い道に合流して消えた。

寒九郎と草間は馬を止め、眼前に広がる平野や低い丘陵に目をやった。

一艘の艀が川をゆっくりと下って行く。帆を下ろした艀の上には菰に包まれた荷物が満載されていた。三、四人の船頭たちが巧みに竿を使い、櫓を漕いで艀を動かしている。

逆に下流から一艘の帆掛け船が、岸辺を歩く二頭の馬に牽かれて、川を遡って来るのが見える。こちらの船にも荷物が満載され、乗客の姿もあった。

岩木川は、昔から弘前城下の津と下流の十三湖の十三湊を結ぶ舟運の要路となっていた。弘前城下から下る艀の荷物は十三湖に入ると、十三湊で海運船の北前船に荷物は積み替えられる。北前船の荷は、敦賀、出雲、長州、瀬戸内を経て、大坂や堺などに、さらには九州琉球にまで送り届けられる。

それら各地から北前船で運ばれる荷物は、北の海を回り、十三湊で川船に積み替えられ、今度は岩木川を遡って弘前城下へ運ばれるのだ。

街道はこの岩木川に沿って北上し、途中、五所川原の宿場町を経て、十三湖畔の今泉に至る。そこから道は十三湖の北湖畔を回り込み、海に面した十三湊に通じている。

いよいよ、まだ見ぬ祖父上谺仙之助に会えるのだと思うと、寒九郎は胸の内が興奮で湧き立っていた。

「さあ、参りましょう」

草間が声をかけた。

「うむ」

寒九郎は街道に馬を出した。

街道はしばらく川沿いに進み、鬱蒼とした森の中に消えている。街道にはほとんど旅人の姿はなかった。

見えるのは物売りの幟（のぼり）を立てて大きな荷物を背に担いで歩いている行商人が二人。旅姿の遊行僧（ゆぎょうそう）が一人。さらに彼らのかなり先に、夫婦と子ども三人の人影があった。

弘前城下から五所川原までおよそ八里ほど。さらに五所川原から十三湊までおよそ十里。馬を走らせれば、今日のうちには十三湊の町に到着する。

だが、急ぐ旅ではない。ゆっくりと十三湊の情勢を調べて、祖父を捜す。寒九郎は、心にそう決めた。一刻も早く会いたいという気持ちもあるが、一方で、それと相反するかのように、祖父に会うのが恐いという気持ちも寒九郎の心に起こっていた。それは、己れの軀にもアラハバキの血が流れていると知ったからだった。

低い丘陵が連なる津軽山脈から風が吹き寄せてくる。東風は柔らかいが、冬の季節、北西からの雪混じりの風は強くて厳しい。地吹雪であたり一面、真っ白に塗り込められる。

津軽の平野は雪が溶けた春から夏にかけてが穏やかでいい日々が続く。野山には花が咲き乱れ、空気も甘い。

寒九郎は風に吹かれながら、のんびりと楓を常足(なみあし)で進ませた。

ふと、そよぐ風に乗って異様な声が聞こえた。

続いて女や子どもの悲鳴が起こった。

寒九郎ははっとして街道の先を見た。先刻見えた親子三人連れが森に消えていた。

森の暗がりに白刃がきらめいた。

「行くぞ」

寒九郎は楓の腹を鐙で蹴った。楓はいななき、どっと駆け出した。

「寒九郎様」

草間の声が響いた。

街道を突進する。歩いていた旅の僧や行商人たちが、慌てて道端に飛び退いた。

寒九郎は森の入り口に目をやった。

一人の侍に三人の侍が襲いかかっていた。

白刃がきらめき、刃と刃が交わされる刃音が聞こえる。近くの木の根元で、子どもを抱えた女が泣き叫んでいた。

寒九郎は三人の侍の背後に楓を走り込ませた。

「待て、なにごとだ」

寒九郎は馬上から怒鳴った。

一人で戦っていた侍は脚を斬られ、その場に蹲って(うずくま)いた。黒髯を生やした浪人者だった。

見覚えがあった。

「四釜鬼兵衛どのではないか！」

寒九郎は楓から飛び降りた。

「寒九郎さまあ」

草間の声が響いた。

三人の侍は顔を一瞬見合わせた。ついで、三人はさっと分かれ、半円状に寒九郎を取り囲んだ。

「待て、おぬしら、何者だ？」

三人は無言で寒九郎を睨んだ。

猛烈な殺気が寒九郎を襲った。

寒九郎は楓の手綱を放した。楓はさっと寒九郎から離れた。

いきなり、左端の侍が無言のまま、寒九郎に八相(はっそう)の構えから斬りかかった。

避ける間もなく、正面の侍が同じ八相から寒九郎に斬りかかった。ほとんど同時に右端の侍が斬りかかる。

寒九郎は飛び退き、刀をすらりと抜いた。

「おぬしら、それがしの父や母を襲った刺客の一味だな」

三人の侍たちは何も答えず、寒九郎の前に縦列に並んだ。先頭の侍が右八相上段に刀を構えた。先頭の男に隠れた二番目の侍が、左八相中段に刀を構えている。最後尾三人目の男が右八相下段に刀を構えた。

寒九郎は青眼(せいがん)に構え、相手を睨んだ。

寒九郎は侍たちを見て、はっとした。

四釜がいっていた三面六臂の阿修羅。

三振りの白刃が、それぞれ陽光を反射し、寒九郎の目を射た。

侍たちの姿が光の中で陽炎(かげろう)のように燃え立った。

「寒九郎様あ、ご加勢いたす」

草間が疾風で駆け付け、寒九郎の間近に飛び降りた。同時に刀を抜く。

一瞬早く、侍たちが動いた。先頭の侍の影が陽炎の中から白刃を寒九郎に向けて突き出した。

寒九郎は侍の太刀を叩き落とした。間を空(あ)けずに二番目の侍の太刀先が寒九郎を襲う。寒九郎はくるりと身を回転させた。軀と一緒に刀を水平に回し、相手を斬り払った。手応えがあった。

三番目の侍が飛び上がり、上段から刀を寒九郎に振り下ろした。寒九郎は飛び退き、侍の背後に回った。侍は振り向きざま二の太刀を寒九郎に振り下ろす。

寒九郎は逃げず、相手の懐に飛び込んだ。侍は振り下ろそうとした腕の中に飛び込まれ、寒九郎を突き飛ばした。寒九郎は、突き飛ばされる力を使って、引き面を取った。刀は相手の顔面から喉を切り裂いた。血飛沫が噴き出した。

寒九郎はくるりと軀を回し、最初の侍に向かおうとした。

最初の男は寒九郎に刀を向けたものの、ずるずるとその場に倒れ込んだ。

男の向こう側で、刀を斜め上方に斬り上げた草間の姿があった。草間は男が崩れ落ちるのを見ながら、残心をしていた。

寒九郎は倒れている四釜鬼兵衛に駆け寄った。近くの木の根元に蹲っていた女と子どもが駆け付ける。

「旦那さま」「お父さま」

寒九郎は四釜を起こした。

四釜は右太腿と左腕を斬られていた。

右大腿の出血がひどい。左腕の切り傷はそれほどでもなさそうだった。

草間も飛んで来た。

「止血の手当てを」

草間は刀の下緒を解き、四釜鬼兵衛の大腿部の付け根にぐるぐると巻いて締め上げた。

「かたじけない」

四釜鬼兵衛は呻きながらいった。

「あの者たちは？」

「鹿取真之助様と御母堂を襲った一味の仲間でござる」

草間はその間にも四釜鬼兵衛の左腕を掴み、手拭いで傷口をきつく縛った。

「旦那さま」「お父さま」

御新造と娘が四釜鬼兵衛に取りすがっていた。

「大丈夫だ。傷は浅い」

寒九郎は御新造と娘を慰めた。

「寒九郎様、急いで五所川原に参りましょう。医者に診せないと」

「うむ。四釜殿をブチの背に乗せて、先に参れ。それがしは、御新造と娘を楓に乗せて、後から参る」

「分かりました」

草間は四釜を担ぎ上げた。寒九郎は口笛を吹いた。

すぐさま疾風と楓が駆けて来た。ブチも一緒だった。

「おうよしよし」

寒九郎は楓、疾風、ブチ三頭の手綱を取り、馬たちの鼻面を撫でた。

草間は四釜をブチの背に押し上げた。四釜は「すまぬ」と何度も感謝した。

草間は疾風に飛び乗り、ブチの手綱を牽いた。

「では、寒九郎様、ひとまず先に五所川原に」

「すぐに我らも行く」

寒九郎は四釜を乗せたブチの尻を叩いた。ブチと疾風は足早に五所川原への道を歩き出した。

御新造と娘は不安そうな眼差しで、去って行く草間と四釜を見送っていた。

「御新造たちは、こちらに」

寒九郎は二人を楓の近くに呼び寄せた。

「御新造、それがし、鹿取寒九郎と申す。四釜殿には……」

「存じております。鹿取真之助様には、私たちもお世話になりました」

御新造は奈美、娘は茜と名乗った。

寒九郎は奈美を楓の背に乗せた。ついで茜を抱えて奈美の前に座らせた。

「寒九郎様は？」

「ちと調べることがある。ちょっと待て」

寒九郎は草叢に横たわった侍たちの懐を探った。最初に襲ってきた男の懐から、金子が入った財布とともに、一通の書状が出て来た。

ちらりと開いて見ると、下命書だった。寒九郎は書状を懐にねじ込んだ。

旅の僧侶と行商人たちがあたふたと駆け付けた。

寒九郎は簡単に事情を話し、金子が入った財布を僧侶に渡して、三人を懇ろに葬ってほしいと頼んだ。

寒九郎は楓に飛び乗り、娘と御新造の後ろに跨がった。楓はたじろいだ。寒九郎は楓を宥め、尻を叩いた。楓は小走りに歩き出した。

三

小高い丘陵の森を抜けると、あたり一面、水を張った田圃が広がっていた。ところどころ溜め池や沼も見える。

そうした田園の中に、めざす五所川原の集落があった。岩木川には何本もの桟橋が設置され、何艘もの川船が繋留されている。川の側(そば)には瓦屋根の白い蔵が何棟も並んでいた。

川船を上流に曳いていく馬たちも囲いの中に飼われていた。馬丁たちが戻ってきた馬たちの軀を川で洗っていた。

五所川原村は津軽藩の米所(こめどころ)の中心であるとともに、岩木川本流やそこに流れ込む支流を使っての舟運(しゅううん)の要衝として賑わっていた。

街道は真直ぐに村に向かっていた。寒九郎は楓を走らせ、村の入口の前で止めた。

寒九郎は馬から下り、そこで遊んでいた村の子どもに、先に二頭の馬が来なかったか、と尋ねた。たちまち、村のあちらこちらから出て来た子どもたちに囲まれた。

子どもたちは「来たよ」と叫び、村のどこにいるかを教えてくれた。

奈美と娘の茜を楓の背から下ろした。子どもたちは奈美と茜を囲み、興味津々のようすでじろじろと見ている。

「どこだい、案内してくれ」

「こっちだよ」

子どもたちは、寒九郎や楓、奈美と茜を囲み、先々に立って案内を始めた。

寒九郎は楓の手綱を引き、ゆっくりと案内役の子どもに付いて歩いた。

着いた先は村長の農家の母屋の庭先だった。そこは村役場も兼ねていて、大勢の村人が出入りしていた。

ブチと疾風は、馬柵に繋がれ、飼い葉桶に顔を入れていた。疾風は寒九郎と楓を見ると、さっと顔を上げ、いなないた。

「おう、よしよし。楓も仲間に入れてくれ」

寒九郎は楓の手綱も馬柵に繋いだ。楓は疾風を顔で追い払い、疾風が食べていた飼い葉桶に顔を入れ、飼い葉を喰らいはじめた。

疾風は飼い葉桶を奪われ、おろおろしている。

「おんや、このめんこい牝馬も一緒かい」

「牡馬を追い払うなんて、おっそろしく気が強え馬だなあっす」

厩から馬丁たちが出て来てどっと笑った。

寒九郎は馬丁に草間がどこにいるか、尋ねた。

「ああ、怪我人を村長さん家(ち)に担ぎ込んだ人だんべ。母屋にいるべな」

「村長さんの名前は？」

「千本木大蔵(せんぼんぎだいぞう)さんだべ。このあたりの大名主だ」

「ありがとう」

寒九郎は礼をいい、奈美と茜を連れて母屋に急いだ。

母屋の戸口が開き、ちょうど草間大介が千本木村長らしい白髪白髯(はくはつはくぜん)の老人と一緒に出て来るところだった。

「主人は？」

奈美が茜を抱えて、二人に駆け寄った。

「ああ奥様、大丈夫です。いま医者が御主人の怪我の手当てをしているところです」

草間大介が千本木村長に奈美を紹介した。

「お願いします。会わせてください」

奈美は茜を抱え、千本木村長との挨拶もそこそこに母屋に押し入るように走り込んだ。

応対に出て来た娘が奈美たちを奥の座敷へと連れて行った。

寒九郎は千本木村長にあらためて名乗り、お礼をいった。

「ちょうどよかったべえ。たまたま村さ、弘前の医者が里帰りしてたんだ。あの怪我人も強運の持ち主じゃのう」

千本木村長は白髯を揺すって笑った。

「どれ、それがしも四釜殿をお見舞いいたそう」

寒九郎は千本木村長の母屋に入った。土間から奥の座敷が見えた。座敷に敷かれた布団の上に四釜が寝ていた。その傍らで御新造の奈美と娘の茜が四釜と何やら話していた。

作務衣を着た医者がほっとした表情で腕組みをして四釜を見守っていた。千本木村長の家人らしい娘が血に汚れた布や衣類を片付けていた。

「あとはゆるりとお休みになることですな。縫った傷口が開かぬよう、しばらく動かずに静養するように」

「ありがとうございました。なんとお礼を申し上げたらいいのか」

四釜が半身を起こして礼をいった。

「では、それがしはこれで」

医者は四釜と奈美に頭をちょこんと下げて立ち上がった。四釜が奈美に支えられながら、立とうとした。

「いや、動かないで。傷が開く。そのままそのままで」

医者は四釜たちを手で制し、居間を通り、土間に下りて来た。家人の娘が医者の持ち物を抱えて来る。

「まことにありがとうございます」

寒九郎も医者に頭を下げ、囁くように訊いた。

「治療代はおいくらほどでございましょうか？」

医者は若い寒九郎を見て、一瞬戸惑った顔をした。

「ははは。医は仁術とも申しましてな。御代はいりません」

「では、せめて、お名前を教えてください」

「わたしの名か？　玄庵。ここの村長千本木大蔵は、わたしの伯父(おじ)だ。では、失礼いたす。御免」

医者は娘を従え、戸外に出て行った。

千本木村長たちが医者に駆け寄り礼をいっている。

寒九郎は土間から家の中に上がった。座敷に寝ている四釜に近寄って座った。

「怪我の具合はどうですか？」

「なんの、これしきの怪我。数日も休んでおれば治りましょう。それはそうと寒九郎様たちに助けていただき、本当にかたじけない。危うく、あの世逝きになるところでござった。奥や茜を残して先に逝くことは出来ませんので」

「お助けいただきありがとうございました」

奈美も傍らで深々と頭を下げた。茜も一緒に小さな髷（まげ）を結った頭を下げた。

「……ございまチタ」

「なんのなんの、四釜殿には、それがしの父がたいへんお世話になりました。この程度のことではお礼にもなりますまい」

「ところで、寒九郎様たちは、これから、いかがなさるおつもりですかな」

「十三湊に行こうと思います。そこで、ぜひ、祖父の谺仙之助に会いたいと思っております」

「そうですか。それがしが、ご一緒出来れば、十三湊には知己もいるので、少しは御役に立てるのですが。どなたか、十三湊にお知り合いはおられるのですかな？」

「いや、おりません」

「では、十三湊で廻船問屋をやっている亀岡伝兵衛（かめおかでんべえ）を訪ねてみてください」

「亀岡伝兵衛殿でござるか？」

「それがしの名前を出してください。きっと助けてくれると思います」

「どういう間柄の御方ですか？」

「ううむ。要するに喧嘩相手の仲でござる」

「喧嘩相手の仲？」

「亀岡伝兵衛は、それがしと同じ鯵が沢の生まれ。伝兵衛は網元のどら息子、それがしが土地の郷士の倅で、親のいうことを聞かない暴れん坊。どちらも若い者を率いて、徒党を組み、寄ると触ると喧嘩ばかりしておったのです」

寒九郎は、大吾郎や大内真兵衛の顔を思い出し、にんまりと笑った。

「寒九郎様も身に覚えがおありでしょう？」

「ありますね」

「ところが、大人になってから、いつの間にか、喧嘩相手だったのに、互いに力を認め合い、仲良くなった。といっても偶然出会った時に酒を酌み交わす程度の付き合いですがね」

「分かりました。十三湊へ行ったら、亀岡伝兵衛殿を訪ねてみます」

「それがしのことを訊かれたら、怪我が治ったら、必ず十三湊へ行くといっておいてください」

草間大介と千本木村長が一緒に座敷に上がって来た。

千本木村長が心配そうにいった。

「どうですかな、具合は？」

「ありがとうございます。この程度の傷なら、明日にでも……」

四釜が身を起こしていった。千本木村長はまあまあと両手で寝ているように指示した。

「玄庵から聞きました。太股の切り傷は深手だったと。これから十日ほどは動かさないようにと」

「十日もですか？」

奈美は困った顔をした。四釜は大丈夫でござる、といった。

千本木村長は笑いながら、四釜と奈美を手で制した。

「無理は禁物。我が家の離れは、いま誰も使っておらず空いています。四釜様ご家族には、そちらに移っていただき、どうぞ、ゆっくり静養してください」

「しかし、それがしたち、そんなに迷惑をおかけしては……」

「まあ、我が家に転がり込まれたのも、何かの縁。それに我が家に侍がいるというだけで、心強いものがありましてな」

　寒九郎は草間大介と顔を見合わせた。

「どういうことですか?」

「先の大飢饉では、この米所の五所川原村は、米の備蓄があったので、なんとか乗り切ったのですが、いろいろ物騒な出来事も起こりまして気が抜けなかったのです」

「物騒な出来事というのは、どういうことですか?」

「うちの五所川原村にも、余所(よそ)から無頼の者が多数流れて来たのです。村の米蔵が盗賊や泥棒に襲われ、破られたりしました。村で自警団を作ったりしましたが、みんな百姓ですから、いざという時、あまり役に立たない。じゃあ、というわけで用心棒を雇ったりしたのですが、その用心棒が盗賊の仲間だったりして、かえって酷い目に遭った。そういうことですので、やはり信頼の出来るお侍でないと」

　千本木村長は頭を振った。

「なるほど、分かりました。それがしも、ただ飯を食うわけにいきません。御役に立てるのであれば、何でもいたしましょう」

「でも、十三湊に御出でになるつもりだったのでしょう?」

「それはそうですが、いつまでに行かねばならぬということでもありません」

「何をなさりに、十三湊へ御出でになるのですか？」

「十三湊には、それがしの友人もいて、友人の仕事を手伝おうかと思っております」

「どんなお仕事ですかな？」

「廻船問屋ですかな」

「廻船問屋？　というと船にお乗りになる？」

「それがしの友人が船乗りを募っておりましてね。それがし、船に乗ろうかと思うております」

「そうでございましたか、ならば安心」

千本木村長はほっとした顔になった。

四釜鬼兵衛は、どういうことか、と寒九郎の顔を見た。草間大介がいった。

「村長殿によると、十三湊界隈に不穏な動きがある、というのです。そうですな、村長殿？」

「そうなのです。どうも、津軽エミシたちが集まり、謀反(むほん)を起こしそうだというのです」

千本木村長は頭を振った。

寒九郎は四釜鬼兵衛と顔を見合わせた。

見方によっては、祖父たちの計画は、たしかに謀反になるかも知れないと寒九郎は思った。

「しかも、その津軽エミシを支持する幕府の要人がいるそうなのです。それで藩内の執政たちは大騒ぎになっているらしい」

寒九郎は、おおよそ事情を知っていたが、黙っていた。千本木村長に無用な誤解をされたくはない。

千本木村長は続けた。

「村役人の話では、幕府は北の夷島を、将来幕府の直轄領にしようと考えているらしい。そのため津軽エミシを利用しようとしているらしいというのです」

寒九郎は訝(いぶか)った。

「どうして幕府は夷島を直轄領にしたい、と考えているのですかね」

「このところ魯西亜の船がしきりに津軽近海や夷島の周辺に現われているのです。なかには、夷島に上陸してエゾエミシと交易したりしている。いま北の夷島は松前(まつまえ)藩が管轄しているが、どうも当地のエミシたちの扱いが悪いので、エミシたちは逃げ出したり、反乱を起こしたりしている。幕府は松前藩に夷島を任せておけない、と思っているらしいのです。それに対して、津軽藩はこれまでエミシの扱いがうまいので、エミシたちが協力している。幕府は、そうした津軽エミシを夷島に送り込み、夷島の開拓を進めて、松前藩ではなく、エミシ自身に夷島を統治させたらどうか、と考えているらしい」

「夷島は、もともとエミシの土地なのではないのですか？」

四釜鬼兵衛がいった。千本木村長はうなずいた。

「たしかに、そうもいえるでしょう。だが、もともとのエゾエミシに夷島の統治を任せれば、これまでの松前藩の和人に反発しているので、魯西亜に島を渡して、魯西亜領にするかも知れない。それは幕府としては困るわけでしょう」

「なるほど」

「幕府としては夷島を自国領だと主張するため、探検隊や測量隊を送り込み、夷島全体の地図を作ろうとしている。そうやって、幕府が魯西亜に夷島はわが国の領土だとはっきりいわないと、魯西亜は勝手に夷島に上陸し、測量して地図を作り、魯西亜領といいかねない。松前藩に任せていては領土を失いかねない」

「なるほど。それで、幕府が乗り出したわけですね」

「さらに魯西亜は、わが国沿岸に盛んに船を寄越して、南の長崎以外にも、北の港をどこか開港するよう幕府に要求しているのだそうです。そのうちの一つが十三湊なんだそうです。それで幕府は魯西亜との交易を考えて、津軽藩に対し、しきりに十三湊を幕府直轄領に出来ないかと打診しているそうなのです」

「津軽藩は?」

「藩論は内部で二分しているそうです。財政赤字解消のため、幕府に売り渡そうという派と、幕府には売り渡さず、一定の利益の上がりを幕府に渡すことで、十三湊を秘密裏に開港し、魯西亜など異国と交易しようという派とに割れた。どちらも、莫大な利益をめぐっての争いです」

「なるほど。そういうことも裏側にはあるのか」

寒九郎は草間大介と顔を見合わせた。

千本木村長はなおもいった。

「そうした対立にうまく便乗しようというのが、津軽エミシの人たちです。これは噂ですが、エミシたちは幕府の要人と交渉して、十三湊に独立したエミシの国を創ろうと動き出したらしい」

「知っています。安倍一族の安東水軍復活ではないですか?」

寒九郎がいった。千本木村長は大きくうなずいた。

「よくご存じで。そう、その安東水軍が幕府の支援を受けて、国創りを始めたらしい。

それで、今度は津軽藩が大慌てをしているそうなのです」

「どうなりますか？」

「さあ、どうなりますかねえ。わしら五所川原村も、いつかそういう騒ぎに巻き込まれるのではないか、とわしは恐れているのです」

千本木村長は白髯を撫でながら、ため息をついた。

寒九郎は千本木村長の話を聞きながら、ますます祖父に会うのが楽しみになって来た。

四

五所川原を出立した寒九郎と草間大介が馬を飛ばして、十三湖畔の小湊（こみなと）に着いたのは、未（ひつじ）の刻（午後二時）過ぎであった。岩木川を船で下る手もあったが、馬を駆るよりもはるかに時間がかかる。まだ明るいうちに十三湊に入っておきたかった。

二人は小湊で十三湊へ向かう弁才船（べんざいせん）に乗り込んだ。陸路を馬で行けないことはなかったが、知らない道なので迷えば、明るいうちに十三湊に着かないかも知れない。船頭の勧めもあって、二人は一も二もなく船に乗り込んだのだった。

五所川原を発つにあたって、古馬のブチを四釜鬼兵衛に預けた。寒九郎たちが発つ時、ブチは厩で自分も連れて行けと鼻を鳴らして騒いだが、心を鬼にして千本木家に残した。後から四釜たちが十三湊に来る時にブチに乗って来ればいい。ブチはおとなしく、御しやすい馬だった。

水手が纜を桟橋の杭から外して船に放り上げ、船に飛び移った。船頭が纜を船上に引き揚げる。水手たちは掛け声をかけながら竿で桟橋を押し、船を桟橋から離す。

船頭の合図で、水手たちはするすると帆桁の綱を引き、帆を帆柱に引き上げた。

「おおい、船が出るぞー」

船頭が大声で叫んだ。

弁才船は桟橋をゆっくりと離れた。

弁才船は帆に風をいっぱいに孕み、静かに湖面に滑り出した。

天候は晴れ。青空が広がっていた。弁才船には、米や織物などの積み荷が満載されている。

寒九郎は背後を振り向いた。遠くに津軽富士岩木山がそびえていた。

「寒九郎様、あれを」

草間が寒九郎に岸辺を指差した。そこには馬に乗った男が悔しそうな顔をして、寒九郎たちを睨んでいた。

「我らを尾行して来た男か」

「おそらく」

「何者かな？」

「やはり忍びかと」

草間は呟くように答えた。

寒九郎は男の顔を脳裏に刻み込んだ。

濃い眉毛、鋭い目付き、きりりと一文字に締めた口元。腰に短い脇差しを差していた。頭は総髪を頭頂で結って髷にしただけだ。たしかに侍ではない。

男はいきなり手綱を引き、馬の首を回して、引き揚げて行った。

船は湖面を滑るように走る。

辰巳（たつみ）（南東）から吹いていた風は、いつの間にか、丑寅（うしとら）（北東）からの風に変わっていた。十三湊に向かうには順風である。

寒九郎はやや傾いた弁才船の船首に立ち、行く手に見える十三湊を眺めていた。

先程までの滑らかな湖面は風に乱され、白いさざ波が立ちはじめている。太陽はだいぶ西に傾き、陽射しが斜めに差し込んでいる。さざ波は陽射しに映えて、湖面に無数の星をばら撒いていた。

「寒九郎様、あの村長の千本木大蔵、なかなかの知恵者ですな。只者ではない」

草間大介が傍らに立ちながらいった。

「おぬしもそう思うか。それがしも、話を聞きながら、千本木村長は十三湊の裏の事情によく通じているなと思った。察するに藩からなんらかの御役目を命じられている」

「そうでござるな。おそらく物見(ものみ)か細作(さいさく)でござろう」

「用心しておこう」

寒九郎は腕組みをして、湖面が後ろに流れる様子に目をやった。船は風に乗り、快調に航走していく。

四釜鬼兵衛を襲った三人組の刺客を思い出した。襲われた時、考えずとも寒九郎の軀は咄嗟に動き、気付いたら二人を斬っていた。

相手の軀を斬った時の手応えが、いまでも手や腕に残っていた。嫌な感触だった。思い出すだけで吐き気を覚える。

寒九郎は湖面に目を戻し、嫌な気分を風に曝(さら)した。それでも、倒れた刺客の姿が目に浮かんでくる。

あやつら、何者だったのか？

彼らの一人が懐に隠し持っていた書状を思い出した。寒九郎は懐から書状を取り出し、目を通した。書面は血に汚れていた。

簡潔な下命書だった。

「下命。青目は赤目とともに、以下の荒羽吐（アラハバキ）党を抹殺すべし」

荒羽吐党？　青目と赤目？

寒九郎は考え込んだ。

荒羽吐党は、アラハバキ族が創った結社か党なのであろう。これは祖父に会った時に尋ねればいい。

斬り倒した三人組は「青目」と呼ばれていたのか。すると刺客は「青目」のほかに、「赤目」もいるというのだな。

命令者の署名は左（ひだりまんじ）卍だった。

卍とは誰なのだ？

三人組は、この下命書のほかに、多額の金子を持っていた。おそらく、刺客として雇われたに相違ない。

寒九郎は風にはためく書状を手で押さえながら、続きに目を通した。

暗殺対象として十数人の名前が並んでいた。

筆頭は、祖父の研仙之助。次いで父の鹿取真之助。祖父の直弟子の大曲兵衛と南部嘉門。

その後に四釜鬼兵衛をはじめ、十人ほどの名が列記されている。草間にも見せたが、四釜以外は草間も知らぬ名ばかりだった。

「寒九郎様、あれをご覧くだされ」

草間の声に寒九郎は顔を起こした。

行く手に三本柱の黒船一隻が碇泊していた。見たこともない巨大な黒船だった。

さらに、その黒船の後ろに並んで、一回りほど小さな黒船一隻が碇泊している。こちらは二本の帆柱の船だった。

「……異国船ではないか」

寒九郎は思わず息を飲んだ。

どちらの黒船も帆は下ろされていた。帆柱のてっぺんには、白青赤、黒黄白の横三色旗が二流、風にはためいていた。

不意に向かい風が吹きつけた。書状が風に吹き飛ばされそうになった。寒九郎は慌てて書状を折り畳み、懐にねじ込んだ。

草間が近くにいた船頭に訊いた。

「どこの国の黒船だ？」

「あれは赤蝦夷だべ」

「赤蝦夷？」

寒九郎は訝った。草間がいった。

「赤蝦夷は魯西亜のことでござる」

「最近、日本近海に異国船がしきりに出没していると聞いたが、実際に目(ま)の当たりにするとはな」

寒九郎はあらためて近付く黒船を眺めた。

周辺に碇泊している帆柱一本の北前船や弁才船は、黒船と比べれば、まるで子どものように小さな船だった。

それにしてもでかい。黒船の舷側が弁才船や北前船よりもかなり高い。

黒船の背後に湊町が広がっていた。湖畔に瓦屋根の商家や大きな蔵が集まっていた。

桟橋が何本、何十本と並んでいた。そのいずれにも北前船や弁才船が繫留されている。

寒九郎たちの弁才船は、ゆっくりと黒船の横腹に近付いて行く。

「よーそろ」

船頭は船が黒船にぶつからぬように舵を取る。

黒船の舷側には髭を生やした赤ら顔の水手たちがのんびりと寄りかかり、寒九郎たちの弁才船を興味深そうに眺めていた。なかには太くて短いキセルのような物を啣えて煙草を燻らせている者もいる。なかの一人が異国の言葉を叫びながら寒九郎に手を振った。

赤蝦夷の名の通り、水手たちはいずれも顔が赤く、熊のように毛深い。体付きは大きく蛮族に見えるが、結構愛敬がありそうだった。

草間が船頭に尋ねた。

「十三湊にはあんな黒船が、しょっちゅう出入りしているのか？」

「そんなことねえ。わしらも今回初めて見んだ。あの船はつい二日か三日か前に沖合に現われ、内海の十三湊に入って来ただ。そんで船役人たちは大慌てになったべな」

「魯西亜船は何をしに来たのだ？」

「さあ、わしらは分かんねえ。いま、江戸から来たお役人たちが赤蝦夷の船長と話し合っているそうだ。ここじゃなく、南の長崎に行けといっているそうだけんどな、船長は頑として聞かねえらしいべな」

寒九郎は、目の前を過る三本柱の黒船に目を瞠った。

船首近くに魯西亜文字で船名が書かれてあったが、寒九郎には読めなかった。

弁才船は二本柱の小さい黒船の前を通り過ぎた。こちらの舷側にも、大勢の水手たちがのんびりと屯していた。水手たちは暇らしく、通り過ぎる弁才船に手を振ったり、大声で何事かを叫んでいた。

笑っているから敵意はなさそうだった。

「帆を下ろせ」

船頭の号令が起こった。水手たちが帆桁の綱を緩め、帆布をするすると下ろした。

船足が急に遅くなった。

目の前に、何本もの栈橋が現われた。栈橋にはそれぞれ、弁才船が横付けされ、大勢の人夫たちが荷を積み降ろししていた。

船頭の掛け声で、水手たちは両舷に分かれ、長い櫓を漕ぎはじめた。

寒九郎たちの乗った弁才船は、空いている栈橋の一つに入り、横付けしようとしていた。船頭が巧みに舵を操り、栈橋に船を寄せていく。水手たちが長い櫓を漕いだ。

最後に船頭や水手たちが竿を使い、船を栈橋に寄せて止めた。纜が栈橋に投げられ、弁才船から水手たちが栈橋に飛び降りる。急いで舫いを杭に括りつけ、船を栈橋に横付けさせた。

分厚い板の橋が桟橋と船の舷側に渡された。

寒九郎と草間は、船頭たちに礼をいい、楓と疾風の轡を取り、板橋を渡って上陸した。

桟橋で待ち受けていた人夫たちが弁才船に上がり、積み荷を担いで船から下ろしはじめた。桟橋に下ろされた荷は、桟橋の反対側に横付けされている北前船に積み替えられる。

そうでなければ桟橋からいったん陸地の蔵の前の空き地に積み上げられる。

寒九郎は楓を引き、桟橋の出入口に向かった。

桟橋の出入口には竹の柵が立てられ、槍や六尺棒で物々しく武装した捕り手たちが立番していた。役場前には鉄砲や弓矢を所持した足軽たちも控えている。

二隻の魯西亜船の船員たちが無断で上陸するのを警戒している様子だった。

「行け。通ってよろしい」

役人たちは、馬を連れた寒九郎や草間にはまったく目もくれなかった。

役人たちの話し言葉は、津軽弁ではなく江戸弁だった。津軽藩の役人ではない。幕府の役人ではないか。

寒九郎は草間と顔を見合わせた。草間は何もいわずにうなずいた。

寒九郎と草間は馬たちを牽きながら、十三湊の町に足を進めた。

町並みを見て、寒九郎は驚いた。

江戸の町のように賑やかだった。

正面の通りの両側には、廻船問屋や船問屋、船宿が軒を並べていた。その数、数十軒。

さらに進むと反物問屋や織物問屋、海産物屋や物産屋が店を開いていた。一本入った裏の通りには食堂や居酒屋、酒屋、雑貨屋などが並んでいる。

路地に折れると花街があった。津軽三味線の音が響き、長唄や都々逸も聞こえて来る。路地には客引き女や人相の悪い若衆がうろついている。遊廓の二階から遊女たちが顔を出して通りかかる男たちに声をかける。

かと思うと長屋が密集している路地もあり、子どもたちが歓声を上げて走り回っていた。

十三湊は十三湖と海の間の道に花咲く蜃気楼のような湊町だった。

寒九郎と草間は、とりあえず、馬の世話もしてくれる旅籠旭屋に投宿した。

二人が風呂に浸かり、夕餉の座についた時、西の海の彼方に真っ赤に燃える太陽が沈んでいくのが見えた。

残照に照らされ、茜色に染まって行く十三湊の町並がまぼろしのように儚く見えた。

五

十三湊の町は、西側は荒海を背にし、東側は十三湖の静かな湖面を抱える回廊のような陸地にあった。

夜になると、枕辺に西側から荒々しく波が海岸に打ち寄せる潮騒が途切れなく聞こえて来た。

寒九郎は寝付かれず、夜中にそっと寝床を抜け出し、東側の窓に寄って外を見た。静かな湖面には大きな満月が映えていた。湊の沖合いには、二隻の黒船の黒い影があった。船の舷灯の明かりが湖面に映ってかすかに揺らめいていた。

隣の寝床から、草間の微かないびきが聞こえた。草間は昼間の疲れが出たのか、前後不覚に寝入っていた。

やがて寒九郎も潮騒を聞きながら、うとうとしはじめていた。

「おい、泣き虫小僧、起きろ」

いきなり、枕辺から野太い声が聞こえた。いつの間にか、蓑笠を被った大男が枕辺に胡坐をかいて座っていた。

「うるさい。草間が起きるではないか」

「小僧、草間は眠りが深い。起きはしない」

「小僧小僧と、それがしを小僧呼ばわりするな。それがしは、もう小僧ではない」

「笑わせるな。わしから見れば、小僧は小僧だ」

名無しの権兵衛は冷笑した。

「それがしは眠い。かまわないでくれ」

「情けない。せっかく、祖父さんに会えるというのに、その体たらくは何だ」

「何か用があるのか？」

「用があるから来たのだ。おぬしの語るお話を聞こうと思うてな」

「それがしの話？　そんなものはない」

「愚か者、なんという痴れ者なのか。物語のない人などいない。物語を持つというのは、生きている証左なんだ。人は誰でも物語を持っている。持たないのは、イヌ畜生と同じだ。それでいいのか？」

「しかし、それがしには物語が浮かばないんだ。仕方ないであろう」

寒九郎は不貞腐れた。権兵衛は、いつも眠い時にやってきて文句をいう。眠気もない、正気の時に出て来れればいいのに。

「では、わしが一ついい話をしよう」

「しないでいい。眠らせてくれ」

寒九郎は大男に背を向けて寝た。

「昔、あるところに、三人の若侍がいた。三人は腕が立つ若者たちで、その道場の三羽烏といわれていた」

「…………」寒九郎は目を閉じて、聞き流した。

「ある日、三人は別々に御上に呼び出され、それぞれある男を討ち果たせという密命を受けた」

「どこかで聞いたような話だな」

「おう。眠らずに聞いていたか。よしよし。ところが、家老が三人の若侍たちの理解者で、三人を庇い、御上に反対した」

「……少し違うか」寒九郎は安堵した。

「三人の男たちはそれぞれ相手の男を殺し、三人は無事密命を果たした」

「……殺す相手は一人ではなかったのか？」

「一人が一人の男を狙い、三人で三人を殺す計画だった」

「それで、ともあれ、めでたしめでたしというわけか。なんだ、おもしろくもない。何の教訓もない話ではないか」

「小僧、誰が話は終わったといった？　これからが本題だ。三人の若侍は、御上から当然のこと報奨があると思った」

「………」

「三人は、またそれぞれに声がかかり、御上から呼び出された。三人は喜び勇んで御上の前に出た。ところが、三人は報奨の代わりに、御上から切腹を命じられた」

「……どうして？　三人は密命を果たしたのではないか」

「殺した相手が悪かった。三人が殺した相手は、御上の兄弟だった」

「馬鹿な。はじめから御上の兄弟だと知らされていなかったのか？」

「家老は、そうと知っていたから反対していたのだ」

「なぜ、御上はご兄弟を抹殺しようとしたのだ？」

「三人の兄弟に御上の座を狙う企(たくら)みあり、という密かな情報が御上の耳に入っていたからだ。怒った御上は、そこで腕が立つ三人を刺客にして葬り去ったというわけだ」

「無惨だな」

「怒った三人は乱心し、御上を斬り殺した。そこで、三人は自害しようとした」

「なんということになったのだ」

寒九郎は闇の中でかっと目を開いた。

「家老が三人を止め、生き延びよと諭し、三人をばらばらに国外に逃がした。家老は当主がいなくなった家を継ぎ、御上の家を再興させた。そこで、めでたしめでたし、だ」

「どうも、納得がいかないな。何かウラがあるのではないか？」

「ほう。小僧も少しは知恵が回るようになったか」

名無しの権兵衛は低く笑った。

「おぬしから聞いた話の教訓を覚えている。何事にもウラがある。疑えとな。本当の話は、どうなっているのだ？」

「聞きたいか？」

「聞きたい。聞かねば、眠気がなくなってしまう」

「すべては、家老の書いた絵物語だった。実は兄弟に謀反の兆しありと御上に吹き込んだのは、何を隠そう家老だった。御上は小さい時から家老を信頼していた。それまで家老は間違ったことはいわなかった。その家老がいうのだから、と御上は家老を信じてしまったのだ」

「家老がはじめからお家乗っ取りを考えていたのか？」

「そうだ。三人の若侍を選んだのも実は家老。彼らに因果を含めて、何も考えずに殺れといったのも家老。その代わり、骨は拾ってやるといったのも家老」

「では、なぜ、三人を庇い、御上に反対したのだ？」

「ははは。三人の若侍を自分の味方として引き込む芝居だ。三人は自分たちを庇う家老を見て、心から信頼した」

「国外に逃げた三人の若侍は、その後、どうなったのだ？」

「家老は三人を御上殺しの大悪人として追っ手を出し、三人とも上意討ちにした。これですべては闇に葬られ、めでたしめでたしだ」

「なにがめでたしだ。結局、家老の一人勝ちじゃあないか。なんという悲惨な話なのだ」

「小僧、この話の寓意を何と読み解く？」

「……信頼出来ると思う相手でも、すべては信じるな、信じてはいかん、ということか」

「うむ。近い解釈だ。まあいいだろう。だが、わしなら、こう考える。味方の顔をした敵を警戒しろ、とな」

「味方の顔をした敵だと？」

寒九郎は振り向いた。

そこには大男の姿はなかった。代わりに別の影が暗がりの中で、むっくりと起き上がった。

「寒九郎様、いかがなされた？」

草間大介の声だった。

「ああ、それがし、夢を見たらしい。恐ろしい夢をな」

「まだ、夜明けまでには間がありそうです。お休みになられたらいい」

「うむ。そうしよう」

寒九郎は目を瞑(つむ)った。睡魔が忍び寄って来た。寒九郎はまた深い眠りの世界に戻って行った。

六

翌朝、海は穏やかに凪(な)いでいた。空はからりと晴れ上がっている。

十三湊はまだ暗いうちから、人々は起き出し、働きはじめていた。荷物を満載した北前船がつぎつぎに十三湊の桟橋を離れ、河口から外海へと乗り出して行く。

旅籠や廻船問屋が集まった通りも、早朝から働きに出る人々で賑わっていた。

寒九郎は通りから聞こえた人の声に、はっと目を覚ました。隣の草間はすでに起き出し、どこかに出掛けたのか、姿がなかった。

窓の障子戸の隙間から、眩い朝日が差し込んでいた。障子戸を開けると、赤い太陽が山脈から顔を出したところだった。

朝日は上りながら、鏡のように滑らかな十三湖に黄金の柱を作っていた。

寒九郎は手をかざして十三湖を眺めているうちに、黒船が二隻とも十三湊から消えているのに気付いた。

慌てて廊下に出て西側の窓に回った。窓から防風林を兼ねた松林の梢越しに、穏やかにうねる外海が見える。

ちょうど濃紺色の海原を、二隻の黒船が白い帆に風を孕ませ、ゆっくりと北へ向かって航行していた。連れ立った二隻の黒船はまるで兄弟船のようだった。

「出航しましたな」

後ろから草間の声がかかった。

「どこへ向かうのかな?」

「下で役人に聞きましたら、勘察加の都に戻るそうです」

「勘察加?」

寒九郎は訝った。

「勘察加は夷島よりも、さらに北にある魯西亜領の半島らしいです。魯西亜の帝都は、はるか西方の地にあるらしいのですが、勘察加半島にも地方の都を置き、そこに代官を派遣して統治させているそうなのです」

「なるほど」

寒九郎は考え込んだ。

夷島のさらに北にも人の住んでいる都があるのか、と思った。藩校でも異国について少しは習っていたが、世界は自分が想像する以上に広そうだなと実感するのだった。

「寒九郎様、起き抜けに通りに出てみたら、この宿の目と鼻の先に亀岡伝兵衛の廻船問屋がありました。店の屋号は丸亀です」

「さようか。それは幸先がいい。探さずに済む」

「念のため、店の番頭を捉まえて、主人の亀岡伝兵衛がいるかどうか、尋ねました。最初は何者かと疑われて教えてくれなかったのですが、四釜鬼兵衛様の名を出したら、すぐにこちらを信用してくれた。亀岡伝兵衛は午前中なら店にいるそうです。午後は大事なお客様が御出でになるので会えないだろう、と」

「分かった。朝餉を終えたら、さっそくに丸亀に乗り込もう。善は急げだ」

寒九郎は草間にいった。


丸亀屋は、朝の荷の積み出しの仕事が一段落し、店の番頭や手代たちも人夫たちもほっと一息ついているところだった。

寒九郎と草間が店先を訪れると、草間が顔見知りになった番頭が出て来て、すぐに奥の座敷に通された。

奥の座敷に入ってまもなく、精悍な顔付きをした法被（はっぴ）姿の大柄な男が現われた。法被の背には丸亀と大きく印が入っている。男は見るからに海の男の匂いを漂わせていた。

男は亀岡伝兵衛と名乗り、笑顔で寒九郎と草間を迎えた。

「そうでござったか、鬼兵衛のやつ、怪我をしてこちらに来るのが遅れるといってましたか。鬼兵衛は不死身の男ですから、すぐに快復するでしょう」

「四釜殿からいわれました。何でも困ったことがあったら、亀岡伝兵衛殿に相談するがいい、と」

「ははは。わしに出来ることは、船を動かし、商売することしかありませんがね。ところで、何にお困りなのですかな」

寒九郎は、率直に祖父の谺仙之助を捜していると切り出した。祖父は十三湊にいると聞いて、こちらに訪れたとも。

亀岡伝兵衛の顔が強張(こわば)った。急に目に鋭い光が宿った。

「谺仙之助様をお探しですか。それはたいへん危険なことですが、ご承知なのでしょうな」

「はい。承知しております」

亀岡伝兵衛は毛むくじゃらな腕を出して胸の前で組んだ。

「どうして谺様をお探しなのですかな」

「亡くなった父の鹿取真之助の手紙を持っています。父上から、それをなんとしても祖父上にお届けするよういわれております」

「どのような内容の手紙なのですか？」

「それがし、手紙が封印されているので分かりません」

寒九郎は懐から父の書状を取り出した。蠟(ろう)で固く封印されている箇所を見せた。

「おそらく祖父上にとって重要な内容なのでしょう。父上が死ぬ前に、それがしに預けた書状ですから」

亀岡伝兵衛は「ううむ」と唸った。

「いま御様は十三湊に居りません」

寒九郎は膝を乗り出した。

「どちらにいるのでしょうか？」

「居られるとすれば……」

亀岡は不意に黙った。廊下から先刻の番頭がお茶を持って現われた。伝兵衛と同じ絵柄の印半纏を着ている。亀岡は破顔して笑った。

「この番頭の余助は、わしの最も信頼している一の子分。余助、寒九郎様たちに挨拶しなさい」

「へい。余助と申します。よろしくお見知りおきのほどをお願いします」

余助はぺこりと寒九郎と草間に頭を下げた。

余助は整った目鼻立ちの、きりりと引き締まった顔をした男だった。顔は真っ黒に日焼けしている。中肉中背だが、伝兵衛と同様、海で鍛えたと思われる筋肉質な体付きをしている。

「わしがいない時には、この余助にいってください。わしの代わりに、いろいろお手伝い出来ましょうから」

「へい。どうぞ、何でもいってください」

余助は如才なく笑い、寒九郎と草間に頭を下げた。

「寒九郎様は、祖父の谺仙之助様に会いに来ている。しかし、いま谺様は十三湊に居られない。どうしたものか、と話していたところだ」

「さようでございますか。寒九郎様、お急ぎですか？」

「急ぎといえば急ぎだが。ともかく手紙の内容を読んでいないので、出来れば一刻も早く祖父上に届けたい」

「と、申されますと？」

余助は怪訝な顔をした。伝兵衛が付け加えるようにいった。

「寒九郎様は、亡くなったお父上の密書を預かっておられる。それを谺様にお届けしたいのだそうだ」

「もし、よければ、私が手紙をお預かりして、お届けする方法もありますが」

寒九郎は頭を左右に振った。

「それがし、父上母上から直接祖父に会って渡すようにいわれているのです。大事な手紙なので」

「それは困りましたな」

「余助、いま、谺様はどちらに居られるだろう？」

「旦那様の方がご存じなのでは？」

余助は真顔でいった。

伝兵衛は左右に頭を振った。

「このところ、わしにも連絡がないのだ。余助の方が分かっているのではないのかと思うてな。連絡する手立てはあるのだろう？」

「ないことはありませんが」

余助は思案げにいった。

「では、谺様に寒九郎様が会いに来ていると連絡してみてくれ。わしも、心当たりに当たってはみるが、おそらく時間がかかる」

「分かりました。やってみます」

「どうか、お二人とも、よろしくお願いします」

寒九郎は伝兵衛と余助に頭を下げた。

「では、あっしは仕事がありますんで、これで失礼いたしやす」

余助は座敷から退出した。

寒九郎はあらためて伝兵衛に向き直った。

「いろいろ、伝兵衛殿にお訊きしたいことがあるのですが」

「どうぞ。何でも訊いて下さい。わしが知っていることなら何でもお話ししましょう」

「黒船が来ていましたね。それに、湊の会所には、津軽藩の役人だけでなく、江戸の役人も詰めていたようですが、いったい、ここ十三湊に何が起こっているのですか？」

「ははは。ご覧になりましたか。いま、十三湊を仕切っているのは幕府の役人です。津軽藩の役人は幕府の役人に圧(お)されて、何も出来ません。困っているはず」

「魯西亜の黒船は、十三湊に何をしに参ったのです？」

「正式に国と国で交易をしたい、といって来たそうです。それで津軽藩は自藩だけで出来ることではない、として幕府に報せた。幕府は、待ってましたとばかりに乗り出して来たのです」

「幕府の狙いは何なのです？」

「いま幕府は鎖国して、公には長崎出島(ながさきでじま)を窓口にし、異国は蘭国(オランダ)だけを認めて交易をしている。ほかには、薩摩藩が琉球を通し、清国や英吉利、葡萄牙、西班牙など異国と密貿易をしているし、対馬藩が朝鮮や清国と密貿易をしている。さらに松前藩が夷島のエミシと交易し、利益を独占しています。幕府はこれまで多少の見返りを条件に、これらの藩の密貿易を黙認してきた。幕府は異国との交易が莫大な利益を生むのに気付いていていた。だが、鎖国政策を打ち出している手前、これまで、異国との貿易に手が出せなかった。ところが、近年各地を襲った大飢饉のため、各藩の財政が破綻し、幕府自体も財政が悪化した。そのため、幕府は異国打ち払い令なんぞいっていられなくなった」

「なるほど」

「そこへ登場したのが、将軍の側用人として重用され、いまは老中に抜擢された田沼意次様です。田沼様が目をつけたのが、夷島の蝦夷地開拓と北方交易です」

老中田沼は、これまでの鎖国政策を少し緩めて、十三湊に長崎出島のような「北の出島」を造ろうと考えた。

それに先立ち、元文四年には魯西亜の黒船が来航し、仙台湾、房総沖、伊豆下田まで回航した。魯西亜船は房総の漁村の沖に投錨し、船員たちが上陸し、住民から野菜や魚などを、銀貨や煙草で購入した。

幕府は注意深く異国船の動きを注視して、打ち払い令は実行しなかった。異国船が魯西亜の船と判明すると、田沼は魯西亜など異国船との交易が出来るのではないか、と考えた。

併せて、夷島の国境を確立し、北の利権を松前藩だけに独占させず、幕府が率先して夷島開拓に乗り出す。そのために夷島の調査探険をして、国境を確定し、自国領とする。松前藩や津軽藩の支配に抵抗していたアイヌモシリのエミシと和解し、彼らの自治を認めて、かれらを夷島開拓に利用しようと考えた。

一方の魯西亜は夷島のアイヌとの交易を独り占めしている松前藩と折り合いが悪かった。そこで魯西亜は松前藩という地方政権ではなく、幕府と直接交易したい、国交を結びたい、と申し込んで来ていた。

だが、幕府は一応鎖国をしている建前なので、公然と魯西亜と交易を行なうわけにはいかなかった。そこで老中田沼は十三湊を試金石にすることを考えた。十三湊に、魯西亜のみならず、北から回航して来る亜米利加(アメリカ)などの異国船を秘密裏に受け入れ、交易しようという計画だ。そこで実績を積み上げ、開港につなげようという考えだ。

寒九郎は伝兵衛に尋ねた。

「田沼様の計画は分かりました。いま一つ分からないことがあります。祖父たちは、十三湊を中心にして、安東水軍を復活させ、アラハバキの皇国を創ろうとしている、と聞きました。幕府は、このエミシの動きにどう関係しているのですか？」

伝兵衛は茶を啜りながら、じろりと寒九郎を見つめた。

「エミシといっても、エミシは一つではないということをご存じかな」

「どういうことでござろう？」

「蝦夷はヤマト王朝や幕府から見て、夷島や奥州に住む蛮族、ヤマトの支配に屈しない人々のことを蔑視し、侮蔑する呼び名です」

「うむ」

「ですから魯西亜人を赤蝦夷なんぞと呼ぶ。そう呼ぶ和人の方がよほど野蛮な人種といえましょう。和人の我々は、あの黒船のような立派な船を持っていますか？　赤蝦夷たちは、あの黒船で世界に乗り出している。我ら和人は黒船もない、世界の海に乗り出すこともしない。彼らから見れば、われらこそが野蛮人、蝦夷なのです」

「なるほど。我々が蝦夷ですか」

寒九郎は草間大介と顔を見合わせた。

「そうです。我々はヤマトの和人と変わりないが、ヤマト朝廷に従わない人間として、蝦夷と呼ばれる。ならば、エミシと呼ばれてもいい。かつて奥州平泉（ひらいずみ）で栄華を誇った藤原一族はエミシです。源義経も弁慶もエミシ。藤原一族、安東一族、安倍一族ら反ヤマト朝廷派和人はエミシです。南朝の皇統の末裔安日彦、長髄彦が津軽に流れて来ましたが、彼らも北朝のヤマト朝廷に背いた和人のエミシです」

「なるほど」

「もちろん、和人ではないエミシもいます。それが津軽や夷島に住んでいるアイヌです。彼らは、代々、ヤマト朝廷や松前藩、津軽藩などに屈せず生きて来た。アイヌは誇り高きエミシです。彼らは狩猟民で、獣や魚を狩って生きている。見かけは、我々和人と違うが、心はエミシの魂、反ヤマト朝廷、ひいては代々征夷大将軍が率いる幕府の権威を認めないエミシです。エミシであることで、我らの同胞といっていい」

「祖父谺仙之助は、そういうエミシの国を創ろうとしているのですか？」

「そうです。谺様は、いま危ない綱渡りをなさっているのです」

「どういうことです？」

「谺様は、一方で幕府老中田沼様と手を結んで、津軽藩や松前藩を牽制する。他方で、安日皇子を奉じて、安倍一族ら和人エミシをまとめて、十三湊を都とする皇国を創り、幕府に認めさせる。魯西亜など異国からの支援を受け、十三湊を自由な交易港とする。谺様は、そういう大計画をお持ちなのです」

寒九郎は草間大介と顔を見合わせた。

「そんな大それたことが出来ますかね」

「やってみなければ、分かりません」

亀岡伝兵衛はにやりと笑った。

「わたしは、和人エミシとして、谺様の考えに惚れました。エミシの国創り、おもしろいではないですか。壮大で夢がある。どうせ、夢を見るなら、でかい夢を見たい。そんな夢に命をかける。一度しかない人生です。わたしは、この谺様の夢なら命をかけてもいい、と思っております」

寒九郎は、思わぬ話に呆然として、亀岡伝兵衛を見つめた。

七

夜がしんしんと更けて行く。

窓から見える十三湖の湖面には、昨夜に引き続き、真ん丸な満月が映り、かすかに揺らめいていた。夜空を渡る鳥の影も見える。

寒九郎は亀岡伝兵衛から聞いた話に衝撃を受け、横になっても寝付かれずにいた。

草間と酒を酌み交わしたが、いくら飲んでも酔いが回って来ない。そのうち、草間が先に眠り込んでしまった。

寝床に仰向けに寝て、夜の気配に耳を澄ませた。海の方角から潮騒が響いて来る。きっと今夜も海は荒れているのだろう。

寒九郎は眠ろうとして目を瞑った。

「もし、寒九郎様」

窓の下から、微かな声が聞こえた。

寒九郎ははっとして起き上がった。障子戸を開けると、階下の前庭に人影が立っていた。

「余助にございます。連絡が取れました」

囁きが聞こえた。

「うむ。いま参る」

寒九郎は浴衣の帯を締め直した。脇差しを手に廊下に出た。

もしや、今夜にも祖父上に会えるのかも知れない。

寒九郎は急いで部屋に戻り、枕の下に入れておいた父の書状を取り出し、懐にねじ込んだ。

草間は寝汚く寝込んでいる。

寒九郎は草間を起こさずに、そっと部屋を抜け出した。

宿は寝静まっていた。人が起きている気配はない。

階段を下り、土間に下りた。草履を履き、戸口の戸を引き開けた。通りは月明かりに照らされていた。

人影がそっと足音も立てずに寒九郎に忍び寄った。月明かりに余助の精悍な貌が浮かんだ。

「寒九郎様、突然ですが、谺様がお越しになられました。お会い出来ます」

「なに、祖父上が、どちらに？」

「海辺に舟で御出でです」

「なに、海辺にだと」

「ご案内します。こちらへ」

余助は身を屈め、小走りに駆け出した。

寒九郎も小走りに余助を追った。

旅籠の裏手に出た。浜辺沿いに低い松林があった。

余助は松林の暗がりに走り込んだ。寒九郎が続く。

余助は夜陰に隠れ、あたりを窺った。

「どうした?」

「シッ」

余助は小さな声で囁いた。

「どうも、尾けられているような気がします」

「どこから?」

「分かりません。少し待ってみましょう」

余助は林の中から月明かりを浴びて黒々と影を作る家並みを窺った。潮騒だけがあたりに響いていた。じっと待ったが、人の気配はない。

「気のせいでしたか」

余助は呟いた。寒九郎が囁いた。

「祖父上を待たせておいて大丈夫かな」

「行きましょう。こちらです」

余助はさっと動き出した。寒九郎も余助について動いた。

松林が切れた。目の前に海岸の荒地が広がっていた。あたり一面草が生えている。

海岸には、月明かりを浴びた白い波が打ち寄せていた。崩れた波が岩場に押し寄せ、砂利を巻き込む音を立てていた。

「こちらです」

余助は身を屈め、草原を走り出した。寒九郎は後に続いて走った。

走る先には河口が見えた。湖から海に出る水路になっているところだ。

一艘の小舟が岸辺に寄せてあった。そこに船頭らしい人影と、白装束の影が蹲(うずくま)っていた。

余助は小舟の方角に走って行く。寒九郎は駆けながら、胸を躍らせた。いよいよ、祖父谺仙之助に会えるのだ。どんな御方なのか？

「尊師、寒九郎様をお連れしました」

余助が白装束の人影の前に走り込んだ。

白装束姿の人影が立ち上がった。

白装束は修験者(しゅげんじゃ)の法衣だった。

「祖父上、寒九郎にございます。会いとうございました」

寒九郎は修験者の前に走り寄って跪(ひざまず)いた。

修験者姿の谺仙之助は痩せこけ、まるで仙人のようだった。太くて長い杖をついていた。

「おう、おぬしが寒九郎か。よくぞ参ったな」

「それがしのこと、覚えておられましょうか？　昔、母菊恵に抱かれ、祖父上様に祝福されたと聞いておりました」

「うむ。覚えておるぞ」

「父鹿取真之助から祖父上様について、何度もお話を聞いておりました。しかし、亡くなられたとも」

「さようか。だが、こうして生きておる。心配するでない」

祖父谺仙之助は杖で地面を突いた。

「ところで、寒九郎、おぬし、わし宛ての真之助の手紙を持っておるそうだな」

「はい。これでございます」

寒九郎は浴衣の懐から手紙を取り出した。

「早よう、見せい」

谺仙之助は手を延ばした。

何かが空を切って飛んだ。

寒九郎ははっとして祖父を見上げた。

祖父の白装束に短い矢羽が立っていた。

続いて、もう一矢が空を切った。祖父の胸に、もう一本の矢が突き刺さっていた。

「おのれ、卑怯者」

寒九郎は脇差しを抜き放って、祖父上の前に立った。祖父はゆっくりと寒九郎の肩に手をあて、凭れかかった。

浜辺を数人の人影が抜刀して駆けて来る。

闇を裂いて、また鋭い矢が寒九郎に飛んだ。

寒九郎は刀で矢を叩き落とした。ついで、もう一本が唸りをあげて飛翔した。

はっと横を見ると、小舟に駆け寄ろうとした余助の背を矢が射抜いていた。

寒九郎は唇を噛み、駆けて来る人影を睨んだ。背に凭れかかった祖父が、何事かを呟いているのが聞こえた。

「寒九郎さまああ」

草間大介の声が聞こえた。馬上の影が急速に駆け付けて来る。疾風に乗った草間だった。

草間は寒九郎に寄ろうとする人影たちを馬上から斬り払った。たちまち、草間は二人を倒した。

「おのれ」

寒九郎は駆け寄った黒い影の一人の打突を躱(かわ)し、胸元に脇差しを突き入れた。

「寒九郎さまあ。ご加勢致します！　すぐに伝兵衛たちも来ますぞ」

疾風に乗った草間が声を上げながら、駆けて来る。

黒影は跳び退(すさ)り、大声で叫んだ。

「引け、引け」

黒影は踵を返し、引き揚げはじめた。ほかの影も急いで駆け去って行く。

寒九郎は振り向き、祖父谺仙之助を抱え起こした。喉元を触ったが、脈は搏(う)っていなかった。祖父はぽっかりと口を開いたまま、呼吸もしていない。

疾風が駆け付け、草間がひらりと飛び降りた。

「祖父上がやられた」

寒九郎は絶叫し、声を上げて泣いた。

草間は祖父の遺体を抱える寒九郎の傍に跪いた。

寒九郎は祖父の胸に刺さった矢を指した。

「これはエミシの毒矢であろう。どうして、エミシが祖父上を殺すのだ？」

「寒九郎様、これはおかしいですぞ」

草間は余助に目をやった。余助は小舟に駆け寄ろうとして背を矢で射抜かれている。

小舟の船頭はおろおろして舟の中に蹲っている。草間は呟いた。

「なぜだ？」

草間は急いで寒九郎の腕の中から、谺仙之助の軀を引き取った。

「な、何をいたす」

「間違ったら、御免くだされ」

草間は谺仙之助の白い小袖をめくり、片肌を脱がせた。

「寒九郎様、ご覧くだされ」

草間は祖父の遺体の左肩を見せた。

「谺家の印である飛ぶ鳥の痣がありませぬ」

「なに」

「念のためでござる」

草間は祖父の遺体を諸肌(もろはだ)脱ぎにした。右の肩にも痣はない。

「これは谺仙之助様ではありませぬ」

「なんと。どういうことだ？」

「谺仙之助の偽者、あるいは影武者でござる」

「偽者だと」

　寒九郎は面食らって、祖父だと思った老人の遺体に目をやった。月明かりに浮ぶ老人の顔は、父鹿取真之助や母菊恵と、どこも似ていなかった。

「余助は、なぜ……」

　草間は余助に近寄った。余助も毒矢に射られてこと切れていた。

　草間は余助の着物の袖をめくった。

　上腕部に黒々とした卍の刺青が彫り込まれていた。

「余助は敵の回し者だったのか」

　寒九郎は唸った。

「どこで、おかしいと見破ったのだ?」

「もし、谺仙之助様が本物だったら、余助は自らを盾にしてもお守りしようとしたはず。それをせずに逃げようとしたので、おかしい、と思ったのです」

　草間は冷静にいった。

　松林の方角から、大勢の人影が現われた。

「寒九郎様ああ。ご無事でござるか」

　亀岡伝兵衛の声が響いた。先頭に大柄な伝兵衛の影があった。

　東の空が白みはじめていた。次第に十三湊が明るくなっていく。

寒九郎と草間大介は、偽者の谺仙之助と余助の遺体を前にして、その場に立ち尽くしていた。

北の海の波が岩場に打ち付け、飛沫(しぶき)を上げて砕け散った。カモメが波間を飛んでいく。

時代小説
二見時代小説文庫

北の邪宗門　北風侍　寒九郎4

著者　森　詠

発行所　株式会社　二見書房
東京都千代田区神田三崎町二―一八―一一
電話　〇三―三五一五―二三一一［営業］
〇三―三五一五―二三一三［編集］
振替　〇〇一七〇―四―二六三九

印刷　株式会社　堀内印刷所
製本　株式会社　村上製本所

ISBN978−4−576−20077−4
https://www.futami.co.jp/

森詠

剣客相談人 シリーズ

完結

一万八千石の大名家を出て裏長屋で揉め事相談人をしている「殿」と爺。剣の腕と気品で謎を解く!

① 剣客相談人 長屋の殿様 文史郎
② 狐憑きの女
③ 赤い風花（かざはな）
④ 乱れ髪 残心剣
⑤ 剣鬼往来
⑥ 夜の武士（もののふ）
⑦ 笑う傀儡（くぐつ）
⑧ 七人の剣客
⑨ 必殺、十文字剣
⑩ 用心棒始末
⑪ 疾（はし）れ、影法師
⑫ 必殺迷宮剣

⑬ 賞金首始末
⑭ 秘太刀 葛の葉
⑮ 残月殺法剣
⑯ 風の剣士
⑰ 刺客見習い
⑱ 秘剣 虎の尾
⑲ 暗闇剣 白鷺
⑳ 恩讐街道
㉑ 月影に消ゆ
㉒ 陽炎剣秘録
㉓ 雪の別れ